POTENTIAL 포텐 9

김민수 장편소설

초판 1쇄 찍은 날 | 2017년 7월 19일
초판 1쇄 펴낸 날 | 2017년 7월 26일

지은이 | 김민수
펴낸이 | 예경원

기획 | 위시북스
편집책임 | 박우진
편집 | 이즈플러스

펴낸곳 | 예원북스
등록번호 | 제396-2012-000132호
등록일자 | 2012. 7. 25
KFN | 제1-129호

주소 | 경기도 고양시 일산동구 호수로 646-24 위너스21 II 빌딩 206A호 (우)10401
전화 | 031-819-9431 팩스 | 031-817-9432
E-mail | yewonbooks@naver.com

ⓒ김민수, 2016

ISBN 979-11-6098-382-1 04810
       979-11-5845-360-2 (set)

POTENTIAL
포텐
9
김민수 장편소설
WISHBOOKS MODERN FANTASY STORY
Wish Books

CONTENTS

POTENTIAL

포텐

50.
스마트 피플 (2)

【종합 엔터테이너 전성시대! 강민호, 출연만으로 시청률 껑충】

[Today 연예 권교영 기자] 강민호가 한 주간 브라운관을 점령했다. 수목 드라마 '사계절의 행운'에 투입되어 정체된 시청률을 20%로 끌어올리더니, 금요일 '더 스마트 게임'의 최고 시청률을 13.5%로 갱신하며 NTV 예능의 역사를 새로 썼다.

활약은 여기서 끝나지 않았다.

토요일 밤에 방영된 '메디컬 24시'에서 믿기지 않는 지식으로 시청자들의 감탄을 자아냈다. 이날 환자의 지인으로 인터뷰한 수도권 기상청의 예보과장 신동현은 "기상대 예비 인력으로 스카웃하고 싶을 정도"라고 밝혔다.

일요일 오후 3시로 예정된 강민호의 팬미팅 행사는 이미 3주 전에 티켓이 매진되어 그 인기를 실감케 했다.

–님들, 방송 다 짜고 하는 거 모름? 「공감 125 / 비공감 3620」

└메디컬에 나오는 의사들 경악한 표정 못 봤나? 그게 연기면 그 의사들 다 배우 해야지.

└울 민호 오빠 퀴즈쇼 우승도 했어요. 의학은 취미로 공부하시는 거구요. 가운 입은 거 완전 섹시해. 잠을 잘 수가 없잖앙 ♡♡♡~

–피아노 치는 알랭 보고 심장이 그만ㅜㅜ 심장아, 나대지 마……. 「공감 5302 / 비공감 50」

└ㅋㅋㅋㅋㅋㅋㅋㅋ 맞아. 심장이 자꾸 나대.

└마지막 장면 대박. 다음 주 예고도 없다니ㅠㅠㅠ 이제 알랭 계속 나오는 거 맞져?

└미치겠다. 서은하도 좋고 강민호도 좋아. 둘이 케미 폭발 어쩔 거야!

–여러분, 강민호가 못하는 건 뭘까요? 그런 게 있기는 하나? 「공감 2900 / 비공감 200」

└오늘 그거 알아보러 팬미팅 갑니다.

└와, 티켓 구하셨어요? 부럽.

메이크업을 끝내고 팬미팅 행사장으로 향하던 길.

민호는 휴대폰으로 기사를 훑어보다 평소 달리던 숫자보다 훨씬 많은 댓글이 달린 것을 보고 조금 놀라고 있었다.

"민호 씨."

밴을 운전 중이던 공 매니저가 말했다.

"오늘 팬클럽 명을 통합해야 하는데, 혹시 원하시는 이름 같은 것 있으십니까?"

"글쎄요."

"임소희 사장님께서 하나 제안하신 것이 있는데……."

건널목 앞에서 밴을 멈춘 공 매니저가 고개를 돌리며 말했다.

"스마트 피플. 어떠십니까?"

공 매니저의 말에 민호는 'Smart People'을 한번 중얼거려 보았다. 어감은 괜찮으나 딱히 이렇다 할 느낌은 오지 않았다.

"아직 확정할 필요 없죠?"

"그럼요, 민호 씨 뜻대로 하시면 됩니다. 무명일 때야 이미지 구축을 위해 스마트함을 강조했지만, 이제는 민호 씨가 대단한 거 다들 알고 있으니까요. 다른 이미지를 강조해도 좋습니다."

"다른 이미지요?"

"왜, 드라마에서 여심을 사로잡은 민호 씨의 연기가 한창 화제지 않습니까?"

공 매니저가 눈을 빛내며 말을 이었다.

"차기 이미지로 로맨틱가이 어떠십니까? 이 포지션에서 최고의 주가를 올리고 있는 '화성에서 온 남자' 김수한 씨가 중국에서 난리 난 거 아시죠? 민호 씨도 충분히 가능합니다. 한국이 아니라 아시아로!"

공 매니저의 들뜬 음성에 왠지 모를 부담감을 느낀 민호는 재빨리 대꾸했다.

"저는 그리 큰 욕심 없어요. 일단은 스마트 이미지만으로 만족할게요."

"암요, 암요."

민호는 괜한 믿음을 심어줄까 더 대화하지 않고 휴대폰으로 고개를 돌렸다. 공 매니저가 김칫국을 먼저 마실수록 자신은 점점 피곤해진다.

"도윤이 형."

밴이 출발하는 사이, 뒷좌석의 김 코디가 공 매니저를 불렀다. 공 매니저가 백미러로 '왜?'라는 눈빛을 보냈다.

"저녁에 다음 주 의상 신청해야 하는데. 민호 형, 드라마 스케줄 말고 또 뭐 있어요?"

"가만있자. PD님들과 파일럿 미팅. 송도하 감독님 영화 카메라 테스트. 많이 움직이실지 모르니까 활동적인 걸로 준비해 둬."

콧노래를 부르며 대답하는 공 매니저에게 민호가 되물었다.

"카메라 테스트요?"

"이번에 시나리오 탈고하셨다고 주, 조연 배우들 한자리에 모아 오디션 비슷한 걸 하실 생각인가 봅니다. 대본도 그때 공개하고 즉석 액션 테스트를……."

일정 이야기를 진행하는 동안 민호는 휴대폰을 들어 다른 연예인들의 공식 팬클럽을 검색해 보았다.

아이돌 그룹은 '뷰티'니 '엔젤'이니 소녀감성의 낯 뜨거운 이름이 종류가 많았지만, 활동이 오래된 연예인들은 각자의 특징을 반영한 팬클럽 명을 사용했다. 머리가 길쭉해 말(馬)상이라는 말을 자주 듣는 연예인은 '마굿간'이라거나, 밴드 장미호텔은 '체크인'이라거나.

'무난하든 특이하든 의미만 있으면 충분할 거 같아.'

대충 생각의 정리를 끝낸 민호는 옆좌석에 놓여 있던 팬미팅 행사 순서지를 확인하며 공 매니서에게 물었다.

"오늘 몇 명이나 오죠?"

"5백 명 정도 될 겁니다. 무려 3만 명이나 신청해서 회사 홍보부서에서도 뽑느라 골치 아팠답니다."

"그렇게 많이요?"

보통 팬미팅 행사는 아무리 인기가 있더라도 스타와의 거리감을 좁히기 위해 너무 많은 팬을 초대하지 않는다는 공 매니저의 설명이 이어졌다.

"다 왔습니다. 준비하십시오."

민호는 멀리 행사장 건물이 보이는 것을 확인하고, 챙겨온 유품이 담긴 백팩을 어깨에 걸었다.

오후 3시, LT 아트홀 소극장.

'강민호 1st 팬미팅'이라는 현수막이 걸려 있는 무대 아래, 500명의 사람이 웅성거리고 있었다. 잠시 후에 있을 미팅을 기대하며 저마다 앞 사람, 옆 사람과 함께 떠들썩한 기대감을 표출했다.

"오늘 민호 오빠 보려고 부산에서 첫차 타고 올라왔잖아요."

"와, 멀리서 왔네. 전 수원에서. 원래 '꽃보다 귀남' 이진호 좋아했는데, 알랭 보고 갈아타 버렸어요."

"어머, 어머. 저도요!"

"진호 오빠 미안해!"

"전 진호 오빠 아직은 안 잊었어요. 그래도 미안!"

한 가지 목적으로 모인 사람들이기에 처음 봤음에도 대부분 순식간에 친목을 다졌다. 더군다나 가장 앞자리에 앉은 중학생 소녀팬 두 사람은 일찍부터 줄을 함께 선 까닭에 금세 둘도 없는 친구가 되어 버렸다.

달칵.

관객석의 조명이 꺼지고 무대 한쪽에 비치된 스크린에 빔이 쏘아졌다. 떠들던 사람들의 소리가 잦아들고, '강민호의 유럽 여행기'라는 자막이 떠올랐다.

－안녕하세요, 여러분. 강민호입니다. 지금은 공항으로 가는 길이에요. 파리에서 펼쳐질 게임대회와 스위스 화보 촬영을 위해…….

단지 화면 속에 등장했을 뿐인데 앞자리 소녀팬 두 사람은 까무러치듯 환호하며 민호의 말에 집중했다.

－파리에 도착했어요. 짜잔～ 보이시죠?

마치 함께 여행을 즐기듯 잘 편집된 셀프 카메라 영상이 시작됐다.

－민호 선배님. 이거 이렇게 촬영하면…….

－택용아! 나 샤워한다고 했잖아!

민호가 욕실로 뛰어가 우당탕 문을 닫자 여성팬 상당수가 목을 쭉 빼고 화면에 집중했다.

－강민호 씨, 팬이에요. 혹시 그 동물원에서…….

－딩고는 무사합니다.

─『청춘일지 인기 최고. 한류. 딩고는…….』

─He is safe.

해외에서 사람들을 마주쳤을 때도 딩고 얘기를 계속하는 강민호의 모습이 연속으로 나오자 관객석에서 웃음이 터져 나왔다.

─보이세요? 지금 민호 씨가 피아노를 치고 있어요…… 팬 여러분이 보시기에도 귀엽지 않아요?

그렇게 10분간 어디에도 공개되지 않았던 영상이 쭉 이어 졌다.

"저 카페 같은 데서 피아노 치는 거. 알랭으로 나온 화면 이랑 다른 거 맞지?"

"맞아. 미공개 영상인가 봐."

영상이 바뀔 때마다 쉴 새 없이 조잘대며 코멘트를 하던 두 소녀팬은 언제 무대로 민호가 올라올지 잔뜩 기대하는 눈 길이 됐다. 그러나 화면이 꺼졌음에도 민호가 나오지 않 았다.

"왜 안 나오지? 웃통 벗은 거 보여줘서 부끄러워서 그러 나?"

"1초밖에 안 나왔잖아."

"그래도 난 다 봤어. 호리호리한 게 딱 안고 자고 싶은 거 있지."

그때였다. 소녀팬들 바로 옆에서 모자를 푹 눌러쓰고 있던 남자가 고개를 돌리며 물었다.

"날 딱 안고 자고 싶다고?"

굵직한 목소리에 소녀팬 하나가 고개를 돌렸다. 그러다 싱긋 웃고 있는 민호와 눈이 마주쳤다.

"어, 엄마야!"

민호는 깜짝 놀란 중학생 소녀의 머리를 한번 쓰다듬어 준 후에 자리에서 일어났다. 핀 조명 하나가 민호를 비추자 사람들의 시선이 몰려들었다.

"누구야?"

"강민호?"

"민호 오빠다!"

유럽 여행 중에 얻어온 변장용액을 사용해 팬들 틈에 완벽히 정체를 숨기고 섞여 있던 민호. 그의 깜짝 등장에 모두가 놀라 웅성거렸다.

민호가 무대 위로 뛰어올라 평범한 디자인의 재킷을 벗었다. 라인이 살아 있는, 산뜻한 슈트가 모습을 드러냈다. 그가 팬들에게 정중히 허리를 숙여 인사하자 소극장 전체에 환호소리가 감돌았다.

"어쩜, 숨어 있었던 거야?"

"바로 옆에 있었는데도 몰랐어."

민호에게 진행 스태프 하나가 달려와 마이크를 건넸다. 민호가 목소리를 가다듬고 말했다.

"안녕하세요, 여러분. 강민호입니다. 우선 저의 첫 팬미팅에 와주신 모든 분께 감사의 인사를 올립니다. 아 참. 또 준비한 게 있는데, 남자분들은 좀 느끼하겠지만 2분만 참아 주세요."

민호는 안주머니의 '마이마이'와 연결되어 있는 이어폰을 반주 확인용인 척 꺼낸 뒤에 귀에 꽂았다. 잠시 숨을 들이쉰 그가 마이크를 입에 가져갔다.

"그대를 만나고—"

민호가 팬미팅 행사의 단골 메뉴라는 곡을 부르기 시작하자 그에 맞춰 무대 스피커에서 부드러운 피아노 반주가 흘러나왔다.

"—머릿결을 만질 수가 있어서."

한 음 한 음 멜로디에 가사를 덧입히는 민호의 목소리는 이내 홀 구석구석으로 퍼져 나가 사람들의 귀를 사로잡았다.

호소력 짙은 목소리로 노래하던 민호의 시선이 앞자리의 소녀팬들을 향했다. 수원에서 왔다던 소녀팬 하나는 아예 넋이 나갔다.

"머릿결?"

부산 소녀팬이 고개를 휙 돌렸다.

"너한테 불러주는 건가? 민호 오빠가 그 머리 만졌잖아. 나도 좀 만져보자."

"머리 손대지 마! 손모가지 날아가 버려!"

두 소녀의 대화에 주위에 있던 사람 모두 웃음을 참지 못했다.

민호의 노래는 계속되어 후렴부에 접어들었다. 뜻밖의 노래 선물에 기대하고 있지 않은 사람들까지 저마다 고개를 끄덕였다.

"목소리 되게 좋은데?"

"그러게."

이윽고, 몰래 등장으로부터 연속으로 이어진 노래가 끝났다. 여성팬은 물론이고 남성팬들까지 박수로 민호의 깜짝 선물에 화답해 주었다.

민호는 무대 위에서 관객들을 훑어보았다.

'괜찮았겠지?'

익히 아는 곡에 어제 카세트테이프로 활용했던 가수의 호흡과 발성을 더했을 뿐인데 느낌이 사뭇 달라졌다. 프로 가수만큼 음역대가 훌륭하다거나 성량이 풍부해진 것이 아님에도 관객들이 좋아해 주는 것이 민호의 눈에도 보였다.

"강민호! 강민호!"

누군가 연호하자 강민호의 이름이 한참이나 홀 안에 메아리쳤다.

"감사합니다."

민호의 말이 끝나기 무섭게 반응이 왔다.

"멋있었어요!"

"민호 형, 가수도 하실 건가요?"

"앵콜! 신청곡 있어요!"

팬들을 이렇게 한꺼번에 마주한 적은 처음인 터라 민호는 생전 처음 느껴보는 감정에 사로잡혔다.

'팬미팅이란 게 이런 거였구나.'

저 눈길만 봐도 알 수 있었다. 굳이 무언가를 신경 써서 드러내려 하지 않아도 좋아해 줄 사람들.

단지 자신에게 호감이 있다는 것만으로 이렇게 한자리에 모여 앉아 있다는 사실이 한편으론 신기하기까지 했다.

"반가워요, 여러분."

"인사 아까 했잖아요."

"그랬나요?"

마치 정다운 친구들과 대화하는 듯한 기분이 들자, 팬미팅에 대해 갖고 있던 부담감과 긴장이 사르르 녹아 내렸다.

"그럼, 준비한 순서 바로 시작할게요."

"오빠아! 제 머리도 한 번만 쓰다듬어 줘요!"

손을 번쩍 치켜든 소녀팬. 부산에서 첫차 타고 올라올 만큼 열성팬이기에 민호는 웃으며 소녀팬을 무대 앞쪽으로 불렀다.

"너 아까 이진호 못 잊었다고 하지 않았어?"

"아뇨! 잊었어요!"

"괜찮아. 안 잊어도 돼. 나 그렇게 꽉 막힌 사람 아니다. 이진호 씨 싸인 받아다 줄까?"

"정말요?"

"이봐, 못 잊었잖아."

"이잉."

울상을 짓는 소녀팬의 머리에 민호는 그가 쓰고 있던 모자를 벗어 씌워 주었다.

"자. 선물."

"와아!"

입이 큼지막하게 벌어져 자리로 돌아가는 소녀팬의 모습이 귀여웠는지 다른 팬들의 입가에도 미소가 번졌다.

민호는 마이크에 입을 대고 무대 뒤쪽을 보며 말했다.

"공 매니저님, 이 친구 부산에서 왔다니까 갈 때 차비 좀 챙겨 주세요. 이진호 씨 팬인데 잘 대해 줘야 안티까페 가입 안 하죠."

"아니거든요!"

한번 팬이 친구처럼 느껴지자 집들이에 왔었던 지인을 대하는 것처럼 편안해진 민호였다.

첫 순서는 팬들과의 대화 시간이었다.

"들어오기 전에 저한테 궁금한 질문 적어서 함에 넣었었죠? 지금부터 하나씩 꺼내서 대답해 드릴게요."

민호는 무대 위에 마련된 의자에 앉아 종이가 가득 담긴 상자에 손을 넣었다.

"어디 보자. '이상형이 뭔가요?' 이거 질문하신 분?"

객석 뒤편에 이십 대 후반의 여인 하나가 손을 들었다.

"어? 처음 뵙겠습니다. 제 이상형이시네요."

"우우우!"

천연덕스러운 대구에 팬들이 야유를 보냈다. 민호는 피식 웃으며 공 매니저와 준비했던 대답 중 하나를 꺼냈다.

"사실 이상형은 따로 없어요. 그냥 옆에 있고, 잘 대해주는 여자가 있으면 '나한테 관심 있나?', '가만 보니 예쁘네?' 하는 마음이 들다가 어느 순간 좋아지는 것 같아요. 따지자면 자연스럽게 좋아지는 여자가 이상형이랄까요?"

"그래서 있어요, 없어요?"

부산 소녀팬이 외쳤다. 민호는 정색한 얼굴로 목소리를 낮춰서 물었다.

"왜? 이진호가 시키드나? 열애설 폭로하려고?"

"아녜요! 오빠는 자꾸!"

퉁퉁 부은 얼굴이 된 부산 소녀의 얼굴이 외곽에서 촬영 중인 카메라에 찍혀 스크린에도 나타나자 폭소하는 이들이 생겨났다.

민호는 다음 질문지를 손에 들었다.

-의사가 꿈이었나요? 어떻게 그렇게 잘 알죠?

"이 질문하신 분?"

객석 중앙 쪽에서 이십 대 초반의 남자 하나가 손을 들었다.

"AN 병원 응급의학과 교수님과 친분이 있어 이것저것 배 웠거든요. 방송에서 좀 과장된 게 있어요. 거기 의사선생님 들도 다 아는 건데 방송 살리자고 제가 먼저 말해 버려서 일 부러 넘어가시는 경우도 있으니까요."

-본격적인 연기를 할 생각 있나요?

"생각은 하고 있어요. 여기서 처음 밝히는 건데 영화도 준 비 중입니다. 아, 카메라 테스트에서 떨어질 수도 있으니까 일단 우리끼리만 아는 비밀로. 쉿!"

-못 하는 게 뭐죠?

"못 하는 거 엄청 많아요. 그래도 한 가지 말씀드릴 수 있는 건, 제가 어떤 일을 우연하게 잘하더라도 놀라실 필요 없다는 거예요. 이쯤에서 특급 비밀 하나 알려드립니다. 사실, 제가 어렸을 때 벼락을 잘못 맞아서 초능력이……. 부산 소녀. 비웃는 거야?"

그동안 보여준 능력이나 출연한 방송의 비하인드 스토리에 대해서, 민호는 준비했던 이야기에 여유 있는 농담을 섞어 물 흐르듯 대답해 나갔다.

분위기가 좋다 보니 팬과의 대화 시간은 원래 예정인 30분을 훌쩍 넘어 계속 이어졌다.

추첨을 통해 팬을 무대 위로 불러 선물을 나눠주고 사진을 찍는 시간이 찾아왔다.

"삼십칠 번?"

"저요!"

첫 번째 주자로 올라선 이십 대 초반의 여성에게 민호가 선물 상자를 내미는데 갑자기 무대 스크린 화면이 밝아졌다.

'응?'

민호는 예정에 없던 일이기에 놀라서 고개를 돌렸다.

스크린에 '강민호가 너어무~ 좋은 이유'라는 자막이 떠올랐다.

—방송 볼 때마다 많이 힐링도 됐고, 활력소가 되는 것 같

아요.

　-자상한 면이 끌렸어요.

　-항상 명쾌하고. 방송도 잘하시고. 이런 사람 팬 안 되고
배길 수 있나요?

　민호 몰래 진행됐던 팬들의 인터뷰 영상. 저건 팬들이 자
신에게 주는 깜짝 선물이었다.

　-강민호 씨 팬이라는 게 그냥 너무 행복하네요. 앞으로도
저 같은 사람들한테 계속 기쁨을 주셨으면 좋겠어요.

　-방송 많이 나와 주세요! 끝까지 응원할게요!

　민호는 아무 말을 잇지 못하고 인터뷰를 지켜보았다. 그사
이 객석의 불빛이 꺼지고, 팬들이 손에 들고 있던 미니 램프
를 켰다.

　불빛이 하나하나 글자를 만들어 냈다.

　[멋 진 민 호 참 좋 다]

　이어지는 글귀를 모두 확인한 민호는 그도 모르게 울컥하
고 가슴에서 치밀어 오르는 무언가를 느꼈다.

　"고맙습니다, 여러분."

　부산 소녀팬과 수원 소녀팬이 램프를 마구 흔들었다.

　"민호 오빠, 사랑해요!"

　"저도, 저도요!"

　민호가 사람들을 향해 말했다.

"막연히 왔다가 정말 좋은 선물을 얻어 가네요. 저도 여러 분이 참 좋아요."

민호는 문득, 이 자리를 가득 채운 팬들이 자신에게만큼은 마냥 멋진 사람들이라는 생각이 들었다.

스마트한 피플에게 사랑받고 있는 연예인. 그 숫자가 무려 오백이라는 것이 민호를 더욱 든든하게 만들었다.

한동안 고민했던 공식 팬클럽 이름은 그렇게 단번에 정해 졌다.

후드득.

어두운 하늘에 습기가 차더니 이내 비가 쏟아져 내리기 시 작했다. '스타힐스'라는 오피스텔이 자리한 강남의 대로 한쪽 에 막 차가 멈춰 섰다.

"어머, 태풍 영향권에 있다더니 비 많이 오네."

창밖을 내다본 홍은숙 작가는 조수석에서 멍하니 잠들어 있는 서은하에게 고개를 돌렸다.

"은하 씨, 다 왔어. 들어가서 자."

"우음~ 고마워요, 홍 작가님."

부스스 눈을 뜬 서은하. 주위를 둘러본 그녀는 눈이 휘둥그레졌다.

"여기 저희 집 아닌데요?"

"그래? 잘못 왔나? 네비가 이상하네. 분명히 은하 씨가 보고 싶은 사람 있는 장소로 안내해 준 건데."

말도 안 되는 변명을 둘러대는 홍 작가의 짓궂은 표정에 서은하는 그제야 이곳이 어디인지를 알아차렸다.

"미, 민호 씨 집 앞으로 오시면 어떡해요."

홍 작가는 입을 두드리며 하품했다.

"은하 씨, 나 너무 피곤한데 여기서 내리면 안 될까? 내일 일찍부터 스튜디오 촬영해야 하니까 강민호 신세 좀 져."

"말도 안 했는데 어떻게……."

"왜? 둘이 친하잖아."

철컥.

빗속으로 내몰린 서은하는 말문이 막힌 채로 창문 너머의 홍 작가를 바라보았다. 지방 촬영이 끝나고 막 서울에 올라온 지금, 가방 하나 달랑 메고 버려지게 생겼다.

"비도 오는데 이러시기예요?"

"뭘 모르네. 쫄딱 젖고 들어가야 뭐라도 벌어지고 그러지."

"홍 작가님!"

"바이바이. 아침에 데리러 올게~"

쌩하니 가버리는 홍 작가의 차를 보며 서은하는 기가 막혀

할 말을 잃고 말았다.

새벽 1시.

지나가는 택시도 없는 썰렁한 거리에서 서은하는 민호가 살고 있는 오피스텔 쪽으로 고개를 돌렸다.

"으이구, 괜히 전화 통화는 들켜가지고."

민호의 집이 10층에 있다는 건 알고 있었다.

아침 일찍 방송국으로 가야 하는데다, 홍 작가님이 이곳으로 온다고 한 이상 어쩔 수가 없었다. 서은하는 비를 쫄딱 맞은 채로 오피스텔 입구로 걸어 들어갔다.

엘리베이터가 10층에 멈췄다.

야간 조명등만 켜져 있는 복도를 지나 1012호 앞에 선 서은하는 신호를 한창 보내고 있는 그녀의 휴대폰에 시선이 머물렀다.

"안 받네. 팬미팅 뒤풀이한다더니 바쁜가 봐."

혹시 몰라 벨을 눌러봤으나 대답이 없었다. 어쩔 수 없이 고개를 돌리던 그녀는 다른 엘리베이터의 문이 열리고 젊은 여자 네 명이 걸어 나오는 것을 보고 깜짝 놀랐다.

"안무연습 지겨워~"

"소라 언니, 우리 야식 먹을까요?"

"됐어. 난 샤워하고 잘란다."

평키라인이 앞집에 살고 있다는 이야기를 들었기에 이대로 마주치면 큰일이라는 생각이 들었다. 다행히 복도가 어둑해서 이쪽을 주시하고 있지는 않았으나 이대로 나가면 마주칠 확률 100%였다.

서은하는 현관 잠금장치에 손을 올렸다. 기억하기 쉬운 번호를 짰다는 얘기를 얼핏 들은 기억이 나 이것저것 눌러보았다.

민호의 생일, 프로게이머로 데뷔한 날 등을 눌러보던 그녀는 설마 해서 하나의 번호 조합을 눌렀다.

'어마.'

달칵, 하고 열리는 것을 본 그녀는 뺨이 붉어지면서도 황급히 안으로 들어가 현관문을 닫았다.

'내 생일? 민호 씨도 참.'

닫자마자 복도 저편에서 떠드는 소리가 가까워졌다.

"소라야, 나 출국할 때 뭐 입지?"

"아무거나 입어."

"지난번에도 패션 테러리스트라고 기사 떴단 말이야."

평키라인의 목소리는 사라졌다. 서은하는 어둑한 거실과 비에 흠뻑 젖은 자신의 몸을 살폈다.

"나 뭐하는 거니?"

민호의 집에 무단침입한 이 상황. 서은하는 고개를 흔들었다. 콜택시를 불러 집에 가야겠다는 생각으로 다시 현관문을 열려던 그녀는 안쪽에 인기척이 느껴져 고개를 갸웃했다.

"민호 씨?"

거실에 들어오니 침실 문이 활짝 열려 있는 것이 보였다. 안에서 조명 빛이 새어 나와 가까이 다가가 보았다.

"아……."

외출복을 그대로 입은 채로 기절한 듯 엎드려 있는 민호의 뒷모습에 서은하는 안도와 함께 웃음이 나왔다. 알콜이라면 맥을 못 추는 민호에게 누군가 술을 먹인 것으로 보였다.

가까이 다가가 어깨를 조금 흔들어 보았으나 꿈쩍도 하지 않았다. 전에도 봤지만, 이리 되면 절대 깨지 않는다.

"일어나기 전에 잠깐만 눈 붙이고 가야겠어. 신세 좀 질게요, 민호 씨."

서은하는 민호의 뺨에 쪽 입을 맞추고 욕실로 향했다.

"으, 머리야."

민호는 지끈거리는 골을 부여잡은 채로 고개를 들었다.

시계를 보니 새벽 3시. 뒤풀이에서 현장 진행 스태프들과 기분 좋게 한잔을 걸친 것까지는 기억나지만, 그 이후는 깜깜했다. 어떻게 집으로 돌아와 침대에 제대로 몸을 눕히기는 한 모양이었다.

"그 집 생맥주 완전 별로야."

민호는 목이 타들어가는 듯해 시원한 물을 마시고 자야겠다는 생각에 거실로 나왔다. 그러다 소파 위에 누워 있는 한 사람을 발견했다.

은은한 무드 등에 아름다운 실루엣이 드러난 여인, 서은하.

대략 정신이 멍해지고 말았다.

'에이, 무슨⋯⋯.'

아무래도 잠기운과 술기운이 얽혀 헛것을 보고 있는 것 같았다.

"너무 보고 싶어서 그래. 정신 차려."

자신의 뺨을 탁탁 때리는 와중에 서은하가 "우음~" 하고 몸을 뒤척였다. 그녀는 민호가 건조대에 널어놓았던 티셔츠까지 걸치고 있었다.

'이 꿈 디테일도 끝장나네.'

그녀에게 가까이 다가선 민호는 말도 안 된다는 듯 혼잣말을 중얼거렸다.

"누가 보면 은하 씨가 여기서 샤워라도 한 줄 알겠어."

민호는 서은히의 뺨을 톡 건드리다 확연히 느껴지는 온기에 몸이 굳어졌다.

"⋯⋯."

피곤했는지 조금의 미동도 없이 잠들어 있는 그녀는 틀림

없이 실제 인물이었다. 민호는 거실 탁자 위에 널브러진 그의 휴대폰에 부재중 전화를 뜻하는 불빛이 깜박이는 것을 보았다.

뺨을 제대로 꼬집자마자 "아파!" 하는 신음이 저절로 나왔다.

'은하 씨가 우리 집 거실에서 자고 있어.'

민호는 잠과 술기운이 동시에 확 달아나 버렸다.

"으, 은하 씨."

"아…… 민호 씨. 깼어요? 이게 어떻게 된 거냐면요……."

눈도 제대로 뜨지 못한 채 반사적으로 대답하다 다시 잠이 드는 그녀를 보며 민호는 신음을 삼켰다.

무방비 상태.

티셔츠의 목이 헐렁해서 어깨의 쇄골라인이 고스란히 드러난 그녀의 모습은 민호의 가슴을 사정없이 뛰게 했다.

민호는 손이 그도 모르게 올라가 잠든 서은하의 머리를 넘겨주는 것을 보고 움찔했다. 그녀는 기분 좋은 표정으로 눈웃음을 그렸으나 그뿐, 피곤 때문에 반응하지 않았다.

"민호야, 인마. 너 지성인이다."

가까스로 매너남의 정체성을 되찾은 민호는 그대로 부엌으로 달려가 식탁 위에 있는 호리병을 손에 쥐었다.

"그녀를 위해서야."

바로 취화정을 복용한 민호는 씩 웃은 뒤 용감히 탁자에
엎어졌다.

51.
매드 BB (1)

월요일 아침.

탁자에 엎드려 있던 민호가 눈을 뜨고 가장 처음 마주한 것은 햇살이 드리운 창 아래 앉아 있는 서은하의 옆모습이었다.

아직 다 마르지 않아 촉촉함이 느껴지는 머릿결 사이로 그녀의 뺨과 귀가 살짝 드러났다. 잠이 다 깨지 않았는지 눈을 감은 채로 온기가 있는 쪽을 향해 해바라기처럼 얼굴을 돌리는 그녀.

자그마한 입을 가리고 귀엽게 하품하다, 창밖을 향해 기지개를 켜는 서은하의 모습은 간밤의 심란한 포인트와는 또 다른 감동을 민호에게 선사했다.

'요리 보고 조리 봐도 안 예쁜 곳이 없단 말이지.'

민호는 흐뭇한 미소와 함께 탁자에서 일어났다. 인기척을 느낀 서은하가 고개를 돌렸다.

"어? 민호 씨. 왜 거기서 와요?"

침실이 아닌 부엌에서 걸어 나온 것을 이상하게 여기는 그녀에게 민호는 '본능보다 지성을 급히 따르다 보니'라는 순정남의 사정을 설명하는 대신에 이렇게 물었다.

"은하 씨야말로 왜 여기에서 잠을 자고 있어요?"

민호의 시선이 서은하가 걸치고 있는 티셔츠를 향했다. 치수가 맞지 않아 원피스처럼 허벅지까지 내려오는 헐렁한 옷차림에 안쪽에 반바지를 입고 있다는 것을 알고 있음에도 심장이 두근거려 왔다.

"놀랐죠? 사정이 좀 있었어요."

서은하가 민호의 앞으로 바짝 다가섰다.

"큰일 났어요. 홍 작가님이 눈치채신 것 같아요."

"눈치?"

"네, 틈만 났다 하면 놀려대기 바쁘세요. 어젯밤에도 이 앞에 던져 놓고 그냥 가버리셨……."

민호가 잠결에 헝클어진 서은하의 머리를 살짝 뒤로 넘겨 주자, 그녀는 부드럽게 눈을 감았다가 떴다.

"홍 작가님은 믿을 만하잖아요. 자주 던져 놓고 가라고 전해 주세요."

"비 쫄딱 맞았다고요."

"몸 으슬으슬하진 않아요?"

고개를 끄덕이는 서은하. 보름 만에 그녀의 곱디고운 시선을 가까이서 보게 되니, 민호는 참을성이 드디어 바닥나 버렸다.

"은하 씨 못 보니까 병나겠는 거 있죠? 이건 치료."

가볍게 입술을 쪽 맞췄다.

"치료요?"

"네, 치료."

민호는 자신을 지그시 올려다보는 서은하의 입에 다시 한 번 입을 맞췄다. 그녀가 픽 웃으며 물었다.

"그래서 이제 치료가 됐어요?"

"한~참 모자라지만 그만할게요. 매너남이니까. 은하 씨, 밤에 남자 앞에서 그러고 자는 게 얼마나 무서운 건지 모르죠? 좀 예뻐야 말이지."

"어쩌나, 우리 민호 씨 병나면 안 되는데."

일부러 그런 것은 아니나, 그녀에게서 애교 섞인 말투가 자연스레 배어 나오자 민호는 이러다 진짜 병이 날지도 모르겠다는 생각이 들었다.

"상사병 그거 무섭다던데."

민호의 중얼거림에 서은하가 눈을 감고 입술을 내밀었다.

"치료법이 있으면 확실히 해줘야죠."

"그렇죠? 한번 할 때 확실히……."

민호가 분위기를 잡고 진지하게 입술을 가져가려던 그때였다.

삐빅.

거실의 탁자 위에 있던 휴대폰이 문자 수신을 알렸다. 민호는 소리를 무시하고 서은하의 입술에 키스하려고 했다.

삐빅. 삐빅.

연속으로 문자가 와 민호의 신경을 자극했다.

'아, 분위기 잘 잡았는데.'

민호는 세 번째 가벼운 입맞춤을 끝내고 휴대폰을 들었다.

[잘되고 있어? 지방 촬영 스태프 복귀가 늦어져서 은하 씨 촬영이 2시간 밀렸대. 여유 있게 준비하고 나오라고 전해줘.]

[참, 민호 씨가 알아서 방송국까지 데려다 줄 수 있지? 밤에 좋았는지 몰라, 호호~~]

여러 의미에서 은인 중의 대은인인 홍 작가의 문자였다. 민호는 옳다구나 서은하에게 말했다.

"은하 씨, 홍 작가님이 그러는데 촬영 시간 밀렸다는데요?"

"그래요? 그런데 왜 저 말고 민호 씨에게 연락을 하셨을까."

민호는 마지막 문자를 확인했다.

[2시간이라도 둘이 좀 즐겨. 그동안 민호 씨 보고 싶어 무척 외로워했어 은하 씨가.]

상사병에 걸렸던 건 자신뿐만이 아닌 듯했다. 민호는 의문 섞인 표정을 짓고 있는 서은하에게 말했다.

"아침 먹고 여유 있게 가요."

오전 7시 30분. 외출 준비를 끝마친 민호는 거실에 앉아 옷을 갈아입으러 침실에 들어간 서은하가 나오기를 기다렸다.

"민호 씨."

문이 열리고 서은하가 고개를 내밀었다.

"어때 보여요? 이러면 저인 줄 모르겠죠?"

"그야 다 가렸으니 모르겠지만……."

스카프를 얼굴에 둘둘 말고 모자를 푹 눌러쓴 채 변장 아닌 변장 중인 그녀의 모습에 민호는 웃음부터 나왔다.

"이리 와봐요."

민호는 시은하가 푹 눌러쓴 모자를 빗기고 스카프도 풀어 목에 제대로 묶어준 뒤 말했다.

"변장 안 한 것보다 더 문제는 수상해 보이는 거예요."

"그래도 이러면 들켜요."

"숙소 나갈 때까지만 다른 사람들 눈에 안 띄면 되니까 그냥 가요."

"어떻게 하게요?"

걱정 말라는 눈빛을 보낸 민호는 백팩을 어깨에 메고 현관으로 걸어 나갔다. 그리고 점자시계에 손을 살짝 올렸다.

복도는 한산했으나 앞집에서 부산스러운 소리가 들려왔다.

"언니, 내 고데기 어디 있어요?"

"소라가 들고 가던데?"

"소라 언니이—! 언니꺼 쓰라고요!"

민호는 가장 위험한 같은 회사의 펑키라인 멤버들이 화장하느라 정신없음을 확인하고 문을 열었다.

"가요, 은하 씨."

비밀연애 중인 두 연인은 살금살금 복도를 지나 엘리베이터 앞에 섰다.

"여보, 나갔다 올게."

"술 작작 마시고 일찍 들어와."

"내가 먹고 싶어서 먹나. 일 때문에 먹지."

복도 끝에서 문이 열리는 소리가 들려왔다. 엘리베이터가 올라오는 속도보다 먼저 도착할 것이기에 민호는 서은하의 손을 붙잡고 비상구 문을 열었다.

"1분만 이러고 숨어 있어요."

서은하의 의문 섞인 눈빛에 민호는 쉿 하고 손가락을 올렸다.

딩동.

엘리베이터를 타고 내려가는 소리가 들린 뒤, 민호는 다시 비상구를 나왔다. 두 번째 엘리베이터가 막 도착해 바로 올라탔다.

"민호 씨, 우리 아무도 안 마주치고 나갈 수 있을까요?"

"그럼요. 걱정 말아요."

민호는 지하 주차장 버튼을 누름과 동시에 회중시계를 손에 들었다. 시간을 확인하는 척, 몇 층에서 누가 올라탈지 확인을 끝냈다.

딩동.

"여기서 내려요, 은하 씨."

5층 문이 열리고 민호가 서은하의 손을 잡고 밖으로 나왔다. 내려간 엘리베이터가 4층에 다시 멈춰 서는 것을 본 그녀가 놀라서 물었다.

"누가 탈지 어떻게 알았어요?"

"감이 딱 오더라고요."

다음 엘리베이터를 타고 B1 층에서 내렸다가 민호의 차가 주차된 B3 층까지 비상구를 이용해 내려섰다.

"짜잔."

"와, 정말 한 사람도 안 마주쳤네."

클래식 컨버터블 카이자 애마, 붕붕이의 조수석을 연 민호
가 말했다.

"은하 씨와 있으면 촉이 너무 좋아져요. 이런 게 바로 애
정육감?"

"그런 게 어딨어요."

"여기 있죠. 은하 씨랑 함께하면 매번 운이 참 좋은걸요."

휘파람을 불며 설렁설렁 둘러대는 민호의 말에 서은하는
웃을 뿐 더는 묻지 않았다. 또 무슨 민호만의 비밀이 있겠지
만, 이젠 그런 것이 궁금하기보다는 저렇게 즐거워하는 민호
를 보고 있는 것이 더 좋았다.

한강이 바로 앞에 보이는 여의도 주차장.

쌀쌀해진 가을 날씨 탓인지 아침 산책을 하는 사람이 거의
다니지 않는 장소에 내려, 민호는 서은하와 함께 벤치에 앉
았다.

일찍 문을 연 베이커리에서 사온 따끈한 베이글과 슈크림
팥빵, 오렌지주스와 커피.

호화찬란한 음식은 아니지만, 함께 이야기를 나누며 먹는
이 짧은 시간이 아쉽고 아쉬웠다.

서은하가 휴대폰을 살피고 민호에게 고개를 돌렸다.

"9시네요."

"아, 벌써요? 시동 걸게요."

민호는 차로 돌아가 시동을 걸다가 운전대를 툭툭 치며 눈을 치켜떴다.

"어? 얘가 갑자기 왜 이래. 시동이 안 걸리네."

"그래요? 방송국 근처니까 택시 타고 가도 돼요."

"아니요, 그럴 수는 없죠. 야, 붕붕아. 뭐라고?"

민호는 마치 차가 얘기를 하는 듯 귀를 기울이더니 말했다.

"아아~ 은하 씨 키스를 못 받아서 병이 안 나은 드라이버에게는 운전대를 맡길 수 없다고? 진작 말을 하지."

능청스레 혼잣말을 중얼거린 민호와 눈이 마주친 서은하는 '누구랑 엉큼한 얘기한 거예요?'라는 눈길을 보냈다.

민호는 웃으며 그녀에게 타라고 손짓했다. 그리고 안전벨트를 걸어주다 천천히 고개를 가까이 가져갔다. 스르륵 눈을 감은 그녀와 아까 미처 하지 못했던 좀 더 진한 '감정'을 나눈 뒤에야 시동을 켰다.

진한 키스를 마친 뒤 찾아온 약간의 어색함에 서은하는 얼굴을 붉히며 라디오의 버튼을 눌렀다.

"오늘 날씨 어쩌려나~"

지직거리는 주파수 소음과 함께, 그녀에게는 들리지 않는 붕붕이의 음성이 시작됐다.

—드라이버 시뮬레이터를 시작합니다.

민호는 초록 불빛이 반짝이는 라디오에 시선을 두었다.

'너 설마 방금 거 엿들…….'

—이 차의 기능 중에 '입을 맞춰 시동을 건다'는 옵션은 없습니다. 인간의 열에너지로 엔진 점화는 무리입니다.

무신경한 기계음에 민호는 찔린 표정으로 정면에 시선을 돌렸다.

"들었구나. 알았어, 미안해."

"네? 뭐가요, 민호 씨?"

"아, 아녜요. 드라마국 스튜디오 쪽으로 가면 되죠? 가자, 붕붕아."

주차장을 빠져나간 차는 부드럽게 RPM을 올리더니 올림픽대로로 합류해 들어갔다. 서은하는 기분 좋게 가속하는 차의 등받이에 몸을 기대고 있다가 갑자기 생각난 듯 민호에게 고개를 돌렸다.

"맞다, 홍 작가님께 다음 주 대본 내용 조금 들었는데, 알랭이랑 저랑 한국에서 우연히 만나는 신이 있거든요. 거기서 제가 운전해야 해요. 민호 씨가 옆에 타고."

"은하 씨 면허도 있었어요?"

"졸업하자마자 아빠 때문에 땄어요. 술 먹고 대리 부르기 싫다고. 근데 그때 이후로 데뷔하게 돼서 정작 운전해 본 적이 없어요."

"장롱면허군요."

"강사님한테 연수라도 받아야 할 것 같아요."

민호도 붕붕이를 만나기 전에 똑같았기에 공감하며 물었다.

"그럼, 촬영 전에 제가 도로연수 좀 해줄까요?"

"그래도 되겠어요?"

서은하는 민호를 향해 입을 조심스럽게 열었다.

"운전을 배우는 관계에선 아무리 금실이 좋아도 싸움이 난다고 들었어요."

"걱정 붙들어 매요. 저는 절대 화 안 냅니다."

민호는 라디오를 바라보았다. 세계 유일의 인공지능 드라이버 육성 시스템, 붕붕이가 있는 한 교육은 누워서 떡 먹기일 것이 분명했다.

'아무리 그래도 은하 씨와 싸우기야 하겠어?'

오후 2시로 예정된 영화의 카메라 테스트를 위해 민호는 파주 인근에 있는 액션스쿨 'SSONG'를 찾았다.

"시나리오는 어떠십니까?"

밴을 운전하던 공 매니저의 물음에 민호는 오전부터 내내 읽어본 영화대본 '더 리얼'을 내려놓았다.

"주인공이 특수부대 출신이네요."

모종의 이유로 은퇴해 하루하루 벌어먹으며 사는 주인공 태식이 불법 레이스에 휘말리며 겪게 되는 하룻밤의 좌충우돌 액션대작.

이야기는 간단하나 장면 하나하나에 집중되는 액션들이 장난이 아니었다. 무술 액션 하나로 세계적인 명성을 얻은 태국의 영화를 보는 기분이랄까?

"딱 민호 씨를 위한 포석인 거죠. CF 촬영 때 얼마나 마음에 들었으면 맞춤 배역을 만들었겠습니까?"

민호는 아무리 그래도 카메라 테스트에서 흡족할 만한 결과를 못 내면 주연은커녕 오디션 탈락해도 이상치 않을 것을 알기에 시나리오 숙지에 신경 썼다.

'그나저나 막상 일은 시작했는데 흥이 안 나.'

영화를 준비하기 전에 각종 전문가와 만난다는 얘기만 듣고 수락한 일이었으나, 정작 애장품은 보질 못했다. 오늘 촬영하던 테스트 신의 짧은 대사도 반지 때문에 억지로 외웠을 뿐이었다.

'배가 불렀어, 나도. 영화 주연 자리가 그다지 땡기지가 않잖아. 정신 차리자.'

뭘 하든 진심으로 좋아해 주는 팬들도 어제 만났고. 일단은 열심히 해보자고 다짐해 봐도 동기 부여가 잘 안 되는 민호였다.

밴이 체육관 형태의 사각 건물 앞에 도착했다.

민호는 건물 한쪽에 등번호표를 받고 늘어서 있는 사람들을 발견했다. 어림잡아도 100여 명.

"저분들도 다 오디션 보나 봐요?"

"비중 있는 액션을 담당할 엑스트라도 함께 뽑는다고 했습니다. 민호 씨는 메인홀 쪽으로 가시면 됩니다."

주차장에 내려선 민호는 액션스쿨 정문을 지나며 사방을 훑어보았다.

운동장처럼 넓은 마룻바닥이 있는 메인홀 한쪽에는 TV용 카메라와는 크기의 수준이 다른 대형 카메라가 세팅되어 있었다. 그 사이를 누비고 있는 촬영 스태프들에게서는 애장품의 빛이 보이지 않았다.

한쪽에서 몸을 풀고 있는 액션스쿨의 스턴트맨 쪽으로 고개를 돌렸다.

'없네.'

실망한 민호가 애장품을 찾는 한 마리 하이에나가 되어 메인홀을 어슬렁거리고 있던 때, 그를 부르는 한 사람이 있었다.

"강민호 씨!"

노트북 CF 때 인연을 맺었던 스턴트맨 김우혁이 다가왔다. 건장한 체격의 김우혁이 민호의 손을 붙잡고 반갑게 흔들었다.

"얼마 만이에요, 이게. 광고 찍을 때 이렇게 될 줄 알았다니까. 오, 3개월 사이에 몸도 제법 만들었나 봐요?"

전문 스턴트맨이라서 그런지 민호의 팔 근육을 눌러보며 몸 상태부터 체크해 왔다.

민호는 딱히 운동을 더 열심히 한 것은 아니나 활동적인 일을 많이 겪다 보니 3개월 사이 체력이 더 좋아진 것은 느끼고 있었다. 호리호리했던 그때에 비해 잔근육이 조금 늘었달까?

"카메라 테스트 겸 오디션을 한다고 들었어요."

"조연을 뽑아야 하니까요."

"조연이요?"

'그러면 주연은?'이라는 민호의 눈길에 김우혁은 당연하다는 듯 말했다.

"쏭 대표님이 민호 씨 얘기로 투자받았는걸요. 우리 CF 찍을 때 화면 있죠? 그걸 보여줬어요."

"그래요?"

"영화 규모가 커지다 보니 크랭크인 전에 이슈도 만들고, 투자자들도 만족시키기 위해 계획한 테스트라고……."

"아주 다 떠벌려라."

김우혁의 뒤통수를 툭 치며 민호의 앞에 새로운 한 사람이 섰다. 사십 대 초반에 날렵한 인상의 사내, 송도하가 민호를 보며 인사해 왔다.

"어서 와요, 민호 씨."

"안녕하세요."

송도하는 김우혁만큼 근육질은 아니나 다부지고 딴딴해 보이는 체격을 지녀 오히려 위압감은 더 들어 보였다.

"민호 씨, 잠시만요."

송도하가 민호를 손짓해 뒤편으로 불렀다. 그리고 낮은 목소리로 말했다.

"오늘 가장 큰 투자처 사장님이 오시거든요? 혹시, 스턴트 액션 몇 개만 더 해줄 수 있어요?"

"몇 개라 하시면……."

손가락 3개를 들어 보이는 송도히에게 민호가 물었다.

"주연은 정해진 거였어요?"

"민호 씨가 수락했잖아요."

"시나리오 봤는데 그 안에 있는 액션을 전부 제가 소화할 수 있으리라고 자신은 못해요. 차는 어느 정도 가능할지 모르겠지만, 바이크에 인라인에 자전거 같은 건 전문가의 지도가 있어야…….”

민호는 이렇게 말하며 어떤 전문가를 소개해 줄 수 있을지 슬쩍 떠보았다. 그러나 송도하는 전혀 걱정하지 말라는 듯 민호의 어깨를 두드리며 대답했다.

“별걱정을 다한다. 민호 씨의 스턴트 센스는 그때 다 봤잖아요. 사실 액션이야 대한민국 건장한 청년이라면 누구든 몇 달 빡세게 굴려 각이 나오게 할 수 있거든요.”

조금 소름 끼치는 송도하의 자신감에 민호가 놀라는 사이 설명이 이어졌다.

“문제는 상황 몰입과 연기예요. 액션 영화 하면 개나 소나 다 쓰는 핸드헬드 기법. 이게 배우 앞에서 카메라만 주구장창 흔들어댄다고 그럴싸한 액션이 나오는 게 아니거든요. 적어도 관객이 인정할 만큼의 안정적인 연기력을 보여 주면서 카메라가 따라가야 몰입하게 돼요. 홍콩 배우 청룽 알죠? 그 엄청난 움직임에 표정이 살아 있으니까 주먹질만 해도 유쾌하잖아요.”

송도하는 민호에게서 그걸 봤다는 듯 신뢰의 눈초리로 악수를 청해왔다.

“우리, 진짜 ‘끝내준다’라는 말 나오는 영화 찍어봐요.”

"뭐, 노력은 최대한 해볼게요."

"그런 의미에서. 우혁아! 애들 불러! 지붕 격투 신부터 맞춰보자! 민호 씨 와이어 달고."

"와, 와이어요?"

민호의 눈에 천장까지 솟구치는 도르래와 줄을 만지작거리는 액션스쿨 스태프의 모습이 들어왔다.

"나 PD님. 그렇게 되면 파일럿 시청률 시너지는 확실하겠지만, 민호 씨의 편의를 봐주겠다는 확답을 주셔야 사장님도 허락하실 겁니다."

공 매니저는 이번 주 민호의 스케줄과 관련해 통화하며 건물에 들어섰다.

"요즘 민호 씨, 한 달 전의 민호 씨 아닌 거 아시죠? 몸이 재산입니다. 그럼, 금요일에 뵙…… 어어? 민호 씨!"

안을 들여다보다 입이 떡 벌어진 공 매니저는 잠시 통화를 멈추고 말았다.

－뭔데요?

"민호 씨가 추락하고 계십니다."

지붕처럼 꾸며진 3층 난간에서 스턴트맨들과 격투를 벌이다 떨어져 민호가 내리는 모습. 쿵! 하는 소리와 함께 2층 난간에 팔을 걸치는 사이, 두 스턴트맨은 1층 바닥에 깔린

매트 위에 떨어져 굴렀다.

공 매니저는 심장이 털컥 내려앉는 움직임에 놀랐다가 다행히 민호의 허리에 와이어가 감겨 있는 것을 보고 안도했다.

─다쳤어요? 그럼 안 되는데.

"그런 건 아닙니다. 끊습니다, PD님."

2층으로 기어오른 민호가 몸을 숙였다가 막 달려든 스턴트맨의 다리를 걸고 옆구리를 가격해 쓰러트렸다. 뒤이어 달려든 스턴트맨의 주먹에 비틀며 물러났다가 난간을 붙잡고 몸을 아래로 통과시켜 그대로 솟구쳐 올랐다.

터엉!

민호가 상대의 턱밑을 어깨로 밀쳤다. 충격을 받은 스턴트맨 김우혁은 이보다 더 리얼하기 힘들 정도로 화려하게 꼬꾸라졌다.

─너희 정체가 뭐야?

숨을 몰아쉬고, 주위를 살피며 다음 위험에 대비하는 민호의 노련한 눈빛이 테스트용 카메라에 고스란히 잡혔다.

공 매니저는 모니터 뒤에 슬쩍 서서 발꿈치를 들어올렸다. 클로즈업된 민호의 얼굴과 대사를 들으며 감탄해 마지않았다.

"컷!"

송도하가 중지사인을 보내고 난간세트장 아래로 달려 갔다.

"민호 씨, 좋았어요. 와이어에 의지해서 매달려도 되는데, 진짜 뛰어서 잡을 줄은 몰랐네."

대만족한 송도하의 눈길을 받은 민호는 속으로 고개를 저었다. 간만에 튀어나온 반지의 본능이 와이어를 달고 있다는 사실을 망각해 버렸다. 덕분에 난간에 매달리느라 힘을 쓴 팔만 뻐근해졌다.

송도하는 다시 카메라 옆으로 다가가 한쪽에 번호표를 달고 있는 사람들을 불러 모았다. 그리고 테스트로 찍은 영상을 모니터에 틀어 주었다.

"방금 보셨죠? 액션의 합을 맞춘 뒤에 배우 스스로 상황에 몰입해서 연기를 해주면, 이런 원 테이크 액션 장면이 나옵니다. 이걸 스턴트맨이 대신한다고 생각해 봐요. 화면을 끊어가야 하고 어색해지죠. 조금 있다 한 명씩 해보며 오디션을 진행할 텐데, 이걸 가이드라인으로 생각해도 좋아요."

우르르 몰려서 영상을 보는 이들은 나름 액션에 자신 있어 오디션에 지원한 배우들이었다.

타 액션스쿨 출신, 기획사와 연극영화과에서 연기 수업을 착실히 받은 젊은 배우들은 와이어를 풀고 2층에서 내려오는 민호에게 온통 눈길이 머물렀다.

"강민호 저거, 트렌디 드라마에서 깨작깨작 연기한다고 생각했는데 장난 아니네."

"그 CF 못 봤어? 나는 주연 할 만하다고 생각해."

"이거 보여주려고 엄청 연습한 거 아닐까? 스턴트맨들이랑 호흡이 한두 번 맞춰본 솜씨가 아니잖아."

송도하는 테스트 작업을 흡족한 표정으로 지켜보고 있는 투자자들을 흘끔 보고 민호에게 엄지를 들어 보였다.

"민호 씨, 최고였어. 다음 장면 바로 준비해 줘요."

"허억, 허억. 네……."

총 세 개의 테스트 영상 촬영이 끝난 뒤, 민호는 액션스쿨 뒷마당의 휴식 공간에 축 늘어져 버렸다.

"할 만은 한데, 실제 촬영 들어가기 전에 운동 더 해둬야 할 것 같아."

지붕에서 떨어지고, 좁은 공간에서 탄탄한 몸의 스턴트맨 다섯과 충돌하고, 점프대를 이곳저곳 달리며 바닥을 뒹구는 연속 촬영은 단 30분을 진행했음에도 체력 방전을 불러왔다.

몸 곳곳이 골골거리는 것이, 평소에 쓰지 않은 근육을 마구 써서 그런 듯 보였다.

"민호 씨!"

공 매니저가 시원한 음료수를 가져와 벤치에 앉아 있는 민호에게 내밀었다.

"쌍호모터스 사장님이 민호 씨한테 완전 반한 거 있죠? 이러다 자동차 CF 들어오면 난리 나겠어요, 난리."

마냥 즐거워 보이는 공 매니저를 보며 민호는 순간 깨달았다. 연예계에 데뷔한 뒤, 제1호 팬이 된 사람이 누구였는지를.

"공 매니저님, 앞으로 스케줄에 오전 시간은 헬스나 스포츠 시간으로 넣어 주세요. 영화 촬영 전에 단련을 좀 해야 할 것 같아요."

"알겠습니다."

그렇게 휴식을 취하며 기다리고 있던 와중에, 민호는 주차장 쪽에 멈춰 선 차량 하나를 발견했다. 외형은 일반 승용차였으나 내부는 운전석만 빼고 나머지를 다 들어내 휑했다.

'스턴트 카?'

그리고…….

그 안에서 내려선 한 사람을 본 민호는 그도 모르게 자리에서 일어났다.

"저 들어가 볼게요."

"벌써요?"

민호가 음료수를 마시다 말고 다시 메인홀로 걸어가는 것을 본 공 매니저는 감탄해 마지않았다. 고된 촬영을 끝내자마자 또 일을 찾아 들어가는 프로페셔널함. 저건 보고 배워야 한다.

공 매니저는 최근에 연락을 돌리지 않았던 PD님과 제작사 임원진의 이름을 떠올리며 민호의 뒤를 따랐다. 오늘 저녁에 당장 전화부터 넣어봐야겠다.

송도하는 정문에 들어선 카 스턴트 팀장을 보며 손을 들었다.

"여기야."

레이서의 안전 복장을 갖추고 있는 서른 중반의 사내는 오디션을 위해 쭉 늘어서 있는 사람들을 한번 훑어보고 말했다.

"오늘 카 액션 쪽 평가를 담당할 박진영입니다. 일단 일종 보통 이상에 운전경력 5년 이상 되신 분만 참여해 주세요. 전복 테스트를 위한 주의사항만 알려 드릴게요."

차량이 뒤집히는 스턴트 테스트를 한다는 말에 오디션 참여자들 대부분 안색이 변했다. 송도하는 그들의 얼어 있음을 느끼고 덧붙였다.

"운전 실력을 보는 게 아니라 차가 회전하는 가운데 보여주는 연기력을 확인할 겁니다."

송도하의 눈짓에 박진영이 말을 이었다.

"장비만 잘 착용하면 위험하진 않아요. 제가 걸고 있는 이 거 보이시죠? '한스 디바이스'라는 건데 목 부상을 방지해 주는 아주 좋은 안전장치예요. 똑같은 걸로 한 세트를 준비해 놨으니……."

박진영이 오디션자들을 향해 물었다.

"누가 먼저 해보시겠어요?"

다들 꿀 먹은 벙어리가 된 가운데, 손을 번쩍 치켜들며 앞으로 나서는 이가 있었으니.

"저요! 꼭 타 보고 싶습니다! 그리고 그 한스 디바이스도 너무너무 착용해 보고 싶습니다!"

멋진 스턴트를 보여주고 사라졌었던 민호가 앞으로 걸어나왔다. 박진영이 송도하를 보며 물었다.

"저분 번호표가 없는데, 누구시죠?"

"어, 우리 영화 주연."

민호는 액션스쿨 본관에서 나와 카 스턴트 촬영세트장으로 향하는 버스에 탑승했다. 적당히 앞자리에 앉았더니 줄줄이 올라타는 오디션 인원과 하나둘 시선을 교환하게 됐다.

"아, 안녕하세요."

"아까 스턴트는 잘 봤수다."

차량 전복이라는 말에 다들 겁을 집어먹고 있더니 이제는 얼마나 잘하는지 두고 보자는 눈길로 자신을 쏘아보는 중이었다.

'이거 손을 너무 일찍 들었나?'

오후 5시로 예정되어 있던 제작 설명회 스케줄이 아예 저녁으로 밀린 것도 자신이 카 스턴트에 참여한다는 말이 나오고 나서였다.

"잠시 체크 좀 하겠습니다."

진행요원도 겸하고 있는 스턴트맨 김우혁이 버스 입구에 올라타 카 스턴트 테스트를 진행할 인원을 확인했다.

"열다섯, 열여섯……."

김우혁이 버스 아래를 향해 외쳤다.

"민호 씨까지 열일곱!"

"오케이, 이동해!"

박진영 팀장의 목소리와 함께 버스의 문이 닫혔다.

민호는 스턴트 카에 올라타 먼저 출발하는 박진영에게, 정확히는 그의 목에 시선이 머물렀다. 그가 소유하고 있는 애장품인 '목보호구'의 능력이 뭔지 확인하려면 이 테스트 참여는 어쩔 수 없는 일이었다.

'흔히 있는 기회도 아니고. 눈치 좀 보여도 버텨야지 별수 있나.'

아버지의 벽이 저 위에 있음을 체감하고 부터는 애장품을 활용할 수 있는 순간 하나하나가 소중해지는 요즘이었다.

버스가 출발하자 맨 뒤편에 앉아 있던 오디션 참가자들의 대화가 이어졌다.

"강민호가 운전도 한다고? 미리 연습해 뒀나?"

"설마 운전까지 연습했을라고. 다 쫄아서 손 안 드니까 덥석 문 거겠지."

"저녁에 기자들 빠방하게 온다니까 참여하는 시늉만 하고 사진 찍어 매스컴 타려는 속셈일 거야. 저 봐. 차가 뒤집히는 그 속에 들어간다는데 저런 여유를 가질 수 있겠어?"

애장품을 활용할 수 있다는 기대감에 들떠 콧노래를 흥얼거리는 민호를 보며, 다들 각자의 이유로 지레 짐작하고 오해를 시작했다.

"어? 저건 또 누구야?"

누군가 민호의 뒤쪽 좌석에 조용히 앉아 있는 한 사람을 손가락질했다. 스물 후반에 스포츠머리를 하고 있는 사내에게 테스트 참가자들의 시선이 모였다.

"'탑 엔진 고리아'에 나온 그 사람 아니야?"

"맞는 거 같아. KSF 선수 출신."

"강민호야 주연이니 어쩔 수 없다 쳐도, 선출 참가자는 또 뭐래."

"저쪽이 더 위험하잖아. 난 기획사에서 이번엔 제발 좀 붙으라고 성화라고."

이미 인지도를 갖고 있는 배우, 백현기를 알아본 뒷좌석의 참가자들은 조연 자리를 두고 라이벌 의식을 불태웠다.

쭉 뻗은 2차선 도로 양옆에 황토빛깔의 넓은 공터가 자리한 야외 세트장 입구에는 '액션스쿨-스턴트 로드'라는 푯말이 붙어 있었다.

민호는 버스에서 내려 스턴트 차량들이 주차되어 있는 정비소 쪽으로 시선을 돌렸다.

'저기 계시네.'

무슨 구실로 애장품을 빌려볼지 고민하며 차량을 점검 중인 박진영에게 다가갔다.

"주연배우님! 어서 오세요."

박진영이 다가온 민호에게 악수를 청해왔다.

"정식으로 인사하죠. 저는 '더 리얼'의 카 스턴트 분야에 참여할 박진영입니다."

"안녕하세요, 박 팀장님. 강민호입니다."

"송 대표님이 민호 씨 액션 센스 좋다고 칭찬 엄청 하시더군요."

"그건 과찬이세요."

"막 칭찬하는 분 아니에요. 민호 씨에게서 분명 장점을 봤을 거예요."

일상적인 대화를 나누며 민호는 힐끗 박진영의 목에 걸린 보호장비를 바라보았다. 물건에 어린 은은한 빛이 민호의 애간장을 살살 녹였다.

"민호 씨 운전 경력은 얼마나 되셨나요? 수동은 몰 줄 알아요?"

"딴 지는 4년 됐어요. 지금 제 애마가 연식이 오래된 거라 수동이에요."

"오, 요즘은 전부 오토만 모는데 젊은 분이 의외네. 어쨌든 운전감은 있겠네요. 이 스턴트는 어렵지 않으니까 설명만 잘 들으면 따라 할 수 있어요."

민호는 내부에 고강도 프레임이 들어 있는 스턴트 차량을 살폈다. 붕붕이를 탄다면 증가된 동체시력으로 운전 실력 또한 비약적으로 상승하지만, 보통의 차는 달랐다.

'잘 쳐줘야 B급 라이센스라고 했었지?'

얼마 전 붕붕이가 내린 평가는 냉정했다. KSF 프로선수급의 운전은 멀었고, 이제 갓 아마추어를 티를 벗은 정도.

버스에서 내린 테스트 참여자가 전부 정비소 앞에 모이자 박진영이 설명을 시작했다.

"보시다시피, 차가 뒤집혀도 튼튼하게 버텨줄 나스카 타

입의 롤 케이지가 들어 있어요. 수십 번 굴러도 찌그러지지 않으니까 오늘 테스트 주행 정도는 가볍게 버텨줄 겁니다. 일단 시범부터 보시죠."

박진영이 허리에 차고 있던 무전기를 들었다.

치익.

"정현아, 시작해."

―라져.

무전기에서 음성이 들리고, 흙으로 된 공터 쪽에 나무 상자로 된 장애물이 비치됐다. 도로 위에는 차량 전복에 쓰일 간이 점프대가 자리했다.

―출발합니다.

부아아앙!

흰색의 스턴트 차량이 흙먼지를 휘날리며 공터의 장애물을 통과했다. 점프대가 있는 도로에 올라 중앙선을 따라 질주하는 듯하더니, 이내 속도를 팍 줄이고 점프대에 바퀴 한쪽을 걸쳤다.

통―!

기우뚱하고 점프대를 오른 차가 사뿐하게 뒤집혔다.

화려한 180도 회전을 보여줄 것을 예상했던 민호는 생각보다 가볍게 차가 뒤집혀 바닥을 미끄러지는 것을 보고 뜻밖이라는 눈길을 보냈다. 저걸 보고 있자니 안쪽의 운전자가 다쳤을 것이란 불안감이 전혀 들지 않았다.

"어때요? 부드럽게 넘어가죠?"

박진영은 일련의 시범을 보고 자신감을 얻은 표정이 된 테스트 참여자들을 향해 미소를 띤 얼굴로 말했다.

"실제 영화촬영이 아니니까 저 정도 속도로 돌입하면 됩니다. 도로 중앙에 그려놓은 가이드라인을 따라서 시속 30㎞. 그 이상 밟을 필요 전혀 없습니다."

안에서 멀쩡히 운전자가 걸어 나오고, 크레인 차량이 전복된 스턴트 카를 다시 뒤집자 긴장한 기색을 띠고 있는 이는 아무도 없게 됐다.

"자, 그럼. 말로 하는 설명은 이쯤에서 끝내고. 처음 하겠다고 말한 민호 씨부터 장비 착용하세요."

레이싱용 슈트와 보호장비가 들어 있는 가방이 정비소의 탁자 위에 올라왔다.

"테스트 받으실 분도 빠른 번호순으로 조수석에 동승해서 1차 시승을 하겠습니다. 한번 구경하고 바로 시도하는 식으로."

박진영의 말에 7번을 달고 있던 백현기도 레이싱용 슈트를 착용하기 위해 앞으로 나왔다.

민호는 패드와 보호구가 장착된 두꺼운 슈트를 몸에 걸치다 생각보다 입기 힘들어 낑낑거렸다. 백현기는 그에 반해 익숙하게 몸에 걸치고 한스 디바이스와 헬멧까지 착용한 채 민호를 돌아보았다.

백현기의 입가에 비웃음이 어렸다.

"강민호 씨, 좀 도와드립니까?"

"괜찮아요."

"아까 보니 격투 스턴트는 잘하시던데 레이싱 경험은 없나 봅니다."

"네, 전혀요."

있다면 붕붕이를 길들일 때 꿈속에서 겪은 유품의 시험 정도일까? 민호는 지퍼를 마저 올리며 백현기에게 말했다.

"훈련은 살짝 받아봤어요."

"아, 뉘에. 그러셨군요."

그래 봤자 초보겠지, 무시하는 백현기의 눈길이 민호의 등에 닿았다.

민호는 슈트 착용을 끝내자마자 박진영에게 고개를 돌렸다. 지금이 가장 중요한 순간이었다.

"저, 박 팀장님. 드릴 말씀이……."

"왜요, 민호 씨? 전복주행 전에 연습으로 몇 바퀴 돌 거니까 긴장할 필요 없어요."

"그게 아니라요."

민호는 손에 들고 있는 한스 디바이스를 박진영에게 내밀었다.

"이게 너무 새거라 박 팀장님 걸 빌릴 수 있나 해서요."

"그 한스 신제품이에요. 완전 튼튼한데."

"사실……."

민호는 목소리를 낮췄다.

"제가 사고 징크스 같은 게 있어서 새것보다는 사용하던 물건을 좋아해서요. 실례가 되지 않는다면 이번 한 번만……."

"그 정도야, 뭐. 민호 씨도 징크스 같은 거 믿는구나. 송 대표님도 중요한 촬영 있는 날에는 속옷 안 갈아입고 그래요."

박진영은 한창 엑스트라 선별작업 중일 송도하가 귀가 간지럽다 느낄 법한 비밀을 말하며 킥 웃었다. 그리고 목에 걸고 있던 보호구를 벗었다.

"자요."

"감사합니다!"

민호는 박진영의 애장품을 건네받아 손에 들었다.

카본 소재의 499g 초경량 목보호구.

은은한 빛이 흡수되듯 시리지며 민호의 머릿속으로 주억 하나가 스치고 지나갔다.

―박진영! 엉덩이 시트에 딱 붙이고, 핸들 두 손으로! 그래 가지고 면허 따겠냐? 어쭈? 클러치 밟을 때는 엑셀에서 발 떼

야지. 기능 시험 때 그런 거 안 배웠냐? 그 운전학원 완전 사이비네.

　-아이참. 옆에서 종알종알. 아버지가 그러니까 더 안 되잖아요!

　스무 살의 박진영이 운전석에 앉아 교육을 받고 있었다. 민호는 조수석에 앉아 있는 나이든 사내의 얼굴이 어째 익숙하다는 생각에 기억을 더듬었다.

　반곱슬의 머리. 매끈한 턱선을 가진 훈남.

　'박철 선생님?'

　붕붕이의 꿈속에서 본 레이서 박철이 분명했다.

　-우측 깜박이! 진영이 너는 선수하면 큰일 나겠다. 이건 뭐 도로 위의 무법자야.

　-쳇.

　우회전을 끝낸 박진영이 본능적으로 RPM을 조절하며 탁탁, 기어를 리듬감 있게 변속했다. 슬며시 바라본 박철은 잠시 흐뭇한 미소를 지었으나 이내 표정을 관리하며 말했다.

　-레이싱 하냐? 그냥 3단 놓고 가.

　-앞에 아무도 없잖아요.

　-내가 운전에서 가장 중요한 게 뭐라고 했어?

　-안전? 악! 왜 때려요!

　-그걸 아는 놈이 급가속이야!

추억이 사라지고, 뒤통수를 얻어맞아 아파하던 박진영의 얼굴이 15년의 시간을 뛰어 넘어 민호의 앞에 자리했다.

이 애장품은 박진영이 고생고생해 면허를 따자 안전운행 하라며 박철이 건네준 것이었다.

'그러고 보니 닮았어.'

민호는 박철의 인상이 박진영에게도 어느 정도 남아 있음을 깨달았다. 일단 머리가 반곱슬이었다.

"박 팀장님. 아버님께서 나스카 레이서였던 박철 선생님 맞으시죠?"

"응? 민호 씨가 그걸 어떻게 아세요?"

"아버님께서 타고 다니신 911 클래식 컨버터블을 제가 타고 다니고 있거든요."

이 말에 박진영의 눈이 커졌다.

"부, 붕붕이를요? 5년 전쯤에 미국에 팔렸다고 들었는데."

"어쩌다 보니 제 소유가 됐네요."

"와, 인연이 이렇게 이어지네. 그 붕붕이…… 아. 아버지가 그 차를 붕붕이라 불렀어요. 혹시 오늘 타고 오셨나요?"

"아니요. 매니저님과 오느니……."

박진영이 아쉬워하는 눈치를 보였다. 민호는 목보호구를 착용하며 말했다.

"언제든 말씀하세요. 몰고 올게요."

"그럴 수 있을까요? 제가 젊을 때는 운전실력 못 미덥다고 손도 못 대게 했거든요. 정작 머리가 크고 나서는 레이싱이 아니라 스턴트에 꽂혀 어머님이 내다 파시겠다는 걸 구경만 했었죠."

"말씀 편하게 하세요. 앞으로 자주 뵐 텐데."

"그럴까요?"

도란도란 이야기꽃을 피우는 두 사람을 보며 백현기는 언짢다는 눈빛이 되어 말했다.

"저기요, 테스트 시작은 언제 합니까?"

"아……."

박진영이 고개를 돌려 미안하단 표정을 지었다.

"민호 씨, 나중에 더 얘기해요. 일단 1번 차에 탑승."

정비소에 주차되어 있는 차량 중에 가장 왼편에 있는 스턴트 카에 민호가 올라탔다. 시내의 도로에서 흔히 볼 수 있는 자가용의 차체를 갖고 있으나 안쪽은 고강도 빔이 장착된 차량이었다.

조수석에 탑승한 백현기는 보통의 운전자에게는 익숙하지 않은 6점식 안전벨트를 몸에 걸어 익숙하게 벨트를 조였다. 그리고 당연히 허덕일 것이라 생각한 민호 쪽으로 고개를 돌렸다.

"……?"

민호는 이미 벨트를 착용한 채, 눈도 돌리지 않고 한 손만으로 좌석에 목보호구의 고리를 거는 중이었다. 헬멧에 통신기기를 장착해 눌러쓴 민호가 백현기에게 시선을 돌렸다.

"한스 결착 도와드려요?"

"돼, 됐습니다."

백현기는 고개를 갸웃하면서도 민호가 괜히 있는 척하는 것이라 여겼다.

치익.

－탑승자 두 분, 들리십니까?

통신기로부터 박진영의 목소리가 들려와 민호와 백현기가 "네" 하고 대답했다.

－좌우측에 액션캠이 장착되어 있습니다. 오디션에 필요한 자료니, 손을 들어 얼굴 가리지 않게 주의해 주세요. 그럼, 코스 연습주행부터 할게요. 민호 씨, 출발.

부릉一

애장품의 능력이 무엇일지 두근거리는 심정으로 시동을 켠 민호는 서서히 엑셀을 밟아 앞으로 움직였다. 차가 부드럽게 나아가 장애물이 있는 공터로 향했다.

－S자로 꺾고, 유턴.

속도를 30㎞로 유지한 채 천천히 코스를 돌았다.

안전을 위해 착용한 헬멧 사이로 보이는 시야로 운전하는
것은 보통의 운전과는 느낌이 사뭇 달랐다. 상하좌우의 시야
폭이 좁아져 갑갑한 느낌마저 들었다. 그럼에도 차를 조절하
는 핸들이 손에 익숙했기에 어렵지는 않았다.

'아직까지는 능력을 잘 모르겠어. 스턴트 움직임 쪽일까?'

민호는 공터의 장애물 코스를 지나 차를 도로 위로 몰아
나갔다.

─민호 씨. 점프대 옆을 지나치면서 각도만 봐. 왼쪽 바퀴
만 거는 느낌으로 주행해야 해.

점프대 옆을 지나고, 다시 공터로 돌아 장애물을 운전하는
지루한 과정이 계속 이어졌다. 조수석의 백현기는 바로 직전
에 시범을 보인 스턴트맨처럼 중간에 속도를 올리지도 않는
민호를 새가슴이라 여기며 하품까지 했다.

─익숙해졌어?

"네, 어느 정도는요."

─이번에 갈게. 준비해.

"박 팀장님, 적당히 속도 올려도 될까요?"

─도로에 올라가기 전까지는 실력껏 주행하면 돼. 도주 상
황을 가정한 거니. 단, 점프대 100m 전에서 속도 줄이는 거
명심하고.

"알겠습니다."

공터 한쪽에서 차량 머리를 돌린 민호. 차를 잠시 정지시켰다가 RPM을 조절하며 가속을 준비하는 모습에 백현기는 "허세는~" 하고 웅웅대는 엔진음 사이로 중얼거렸다.

이윽고.

민호는 전방의 스턴트 경로를 보며 짧게 숨을 들이 쉬었다.

가상의 카메라가 돌기 시작했다는 생각이 들자 붕붕이를 탔을 때와는 전혀 다른 주법이 뇌리를 스쳤다. 주행라인을 공략하는 깔끔한 운전법이 아닌 그 무언가. 그것이 신경을 타고 흘러내려 민호의 손끝과 발끝에 그대로 전해졌다.

부아아아앙!

단박에 레드존까지 치솟는 RPM에 조수석의 백현기가 움찔 놀라 민호를 쳐다봤다.

"이봐, 무슨……!"

말을 채 끝마치기 전, 오른쪽으로 급격히 쏠리는 관성에 백현기의 헬멧이 차체 프레임에 탕 부딪혔다.

그그그─!

차가 노면을 미끄러지며 왼편의 징애물을 시났다. 핸들을 꺾으며 사이드브레이크를 올렸다 내리는 일련의 기술을 선보인 민호에 의해 곧장 반대편으로 미끄러지며 오른편의 장애물까지 휙 지나쳐 버렸다.

백현기는 매끄러운 연속 드리프트에 눈이 휘둥그레지지 않을 수가 없었다.

"어어! 야, 부딪혀!"

유턴으로 지나가야 할 장애물이 코앞에 다가오자 백현기는 비명을 참지 못했다.

"미쳤냐아―!"

말 또한 어느새 짧아졌다.

타캉!

광란의 브레이킹. 0.1초 만에 이뤄진 번개 같은 기어 시프트다운. 하중이 옆으로 쏠리며 연속 드리프트에서 이어진 관성이 절묘하게 유지됐다.

그그그궁―!

유턴 코스에서까지 미끄러지는 주행으로 진행해 버리는 민호의 정교한 컨트롤에 정비소 쪽에서 멍하니 지켜보고 있던 이들도 놀람 가득한 신음을 내뱉었다.

민호가 운전한 스턴트 차량이 도로 위로 텅! 하고 뛰어 오르며 각도를 꺾었다.

차가 미끄러짐과 동시에 직선주로에 돌입했다.

'오호!'

민호는 손끝과 발끝에서 치고 올라오는 짜릿한 감각을 만끽하며 브레이크를 밟아 속도를 30㎞로 줄였다. '화면빨 사는 과감한 주행'은 그것을 시도하는 운전자까지 흥이 돋게 만드는 것 같았다.

"이, 이게…… 이게 대체……."

거듭된 충격에 백현기는 말까지 더듬으며 민호를 살폈다. 아마추어 위주의 대회를 전전하다 C급에서 레이싱을 그만둔 그로서는 단 한 번도 경험해 보지 못했던 주행법이었다. 아니, 계속 레이싱을 했다고 해도 이런 식의 주행은 시도하지 못했을 것이다.

스턴트 차량은 서서히 왼바퀴를 걸칠 점프대와 가까워 졌다.

-와우! 민호 씨 드리프트 수준 장난 아닌데? 시범 보인 우리 정현이는 그냥 짐 싸야 할 정도야. 안 되겠다. 정현이 너 가서 테스트 인원 뒤에 줄서.

-팀장님!

민호는 스턴트 주행의 멋에 너무 취해 운전했음을 파악하고 재빨리 변명했다.

"배운 것 그대로 했을 뿐이에요. 차가 길이 잘 들어서 그런지 잘 미끄러지네요."

-그런 용도니까. 그런데 누구한테 배웠어?

"음……. 말하자면 되게 깐깐한 리얼 시뮬레이터라고 할까요?"

붕붕이를 타면 이런 주행이 가능할지는 모르지만, 스승은 그것뿐이었다.

대화를 나누는 동안 점프대가 50미터 앞으로 다가왔다.

ㅡ오케이, 그 기세를 몰아서 전복 스턴트까지…… 응? 정현아, 뭐라고?

ㅡ1번 차량 정비하다 뒤쪽에 장비 걸어둔 걸 깜박했습니다. 뒤집히면 안쪽에서 뒤엉킬 위험이…….

ㅡ민호 씨, 스톱! 그냥 지나쳐!

그러나 민호는 이미 왼쪽 바퀴를 걸기 위해 점프대로 진입한 상황이었다.

'이런.'

민호는 급한 김에 점자시계를 터치하고 휙 꺾이는 핸들을 붙잡았다. 미묘한 감각까지 선명하게 느껴지자 정밀하게만 컨트롤 하면 전복하지 않으리라는 확신이 들었다.

텅! 하고 바퀴가 걸려 전복하려는 차.

중심을 회복하기 위해서 민호는 브레이크가 아닌 엑셀을 밟으며 서서히 스로틀을 열었다. 스턴트 차량을 수없이 몰아본 박진영의 경험이 몸에 안정감을 더해 주었다.

"으아악!"

백현기가 비명을 지르고 눈을 질끈 감았다. 차량이 뒤집히고 안에 있던 정비도구가 뒤엉켜 몸을 덮치는 상상을 하던 그는 오른쪽으로 중심이 쏠렸으나 다음에 아무런 흔들림도 없는 차체를 느끼고 도로 눈을 떴다.

"뭐, 뭐야!"

정비소에 있던 이들 전부 도로 위에서 벌어진 상황에 할 말을 잃었다. 점프대를 통과한 스턴트 차량이 오른쪽의 두 바퀴만 땅에 댄 채로 주행하는 묘기를 벌여 버린 것이다.

"차가 섰어!"

"저거 강민호 타고 있는 거 맞아?"

"인정한다. 저러니 주연 하지."

테스트 참가자들이 넋 나간 대화를 나누는 사이, 두 바퀴 주행으로 도로를 크게 돌아 정비소 쪽으로 돌아온 스턴트 차량이 쿵 내려앉았다.

"민호 씨!"

박진영이 정차한 차량으로 급히 달려갔다. 민호는 운전대에서 손을 떼며 말했다.

"갑자기 무전이 와서 정신없었네요. 차는 멀쩡한 것 같아요."

탑승자들이 안전함을 확인한 박진영은 안도의 한숨을 내쉬고 말했다.

"송 대표님이 센스 있다고 한 게 이 정도일 줄은 몰랐어.

나랑 진지하게 이번 영화 카 스턴트신 좀 의논하자. 이거 대역 얼굴 때문에 카메라 제한받을 필요도 없이 그림 같은 장면 뽑을 수 있겠어."

"저야 뭐……."

민호는 착용 중인 박진영의 애장품을 손으로 한번 쓰다듬었다. 이것만 빌릴 수 있다면 어떤 카 스턴트든 환영이었다.

벨트를 풀고 운전석에서 나온 민호는 바짝 얼어붙어 아직도 좌석에 앉아 있는 백현기에게 조심스레 물었다.

"괜찮으세요?"

"네, 네. 괜찮습니다."

전혀 괜찮지 않은 표정으로 손을 휘저은 백현기가 비틀하며 차에서 내렸다. 박진영은 사색이 된 백현기를 보고, 마지막 준비를 소홀이 한 허정현에게 눈치를 주며 어서 정비도구 빼라고 손짓했다.

"5분만 쉬었다 시작하겠습니다. 민호 씨는 나 좀 봐."

송도하는 차량 스턴트장에서 막 들어온 소식에 모니터 앞으로 달려갔다. 방금 찍은 액션캠 영상파일이 전송되어 왔다. 바로 클릭하자 테스트 주행을 시작하는 차량 내부의 화면이 출력됐다.

"강민호 주행 영상이라고?"

"네. 카메라 팀이 없었던 게 한이라고 박 팀장님이 아주 안타까워하시던데요?"

-어어! 야, 부딪혀!

모니터에 기어를 변속 중인 민호와 그것을 놀라서 구경중인 백현기의 모습이 흘러나왔다.

-미쳤냐아—!

백현기의 비명과 함께 스턴트 차량이 굉음을 내며 흔들렸다. 송도하는 그 와중에 흥이 섞인 얼굴이 된 민호의 표정을 세심히 살폈다.

"즐기고 있어."

-민호 씨, 스톱! 그냥 지나쳐!

화면은 이내 전복 직전의 상황까지 진행됐다.

"뭐야? 사고 났었어?"

"사고 날 뻔했습니다."

갑작스런 지시에 민호가 핸들을 귀신같이 컨트롤해 차량을 세우는 장면이 이어졌다. 안쪽만 촬영한 액션캠 영상임에도 차량이 기우뚱했다는 것은 충분히 알 수 있는 각도였다.

"어? 되감아 봐."

전복해서 균형을 잡는 장면을 천천히 플레이 하던 송도하는 어느 순간 팔뚝에 닭살이 솟아오르는 것을 느꼈다.

공포심에 눈을 감은 백현기의 머리가 창문에 부딪히려는 찰나, 민호가 기어를 잡고 있던 오른팔을 쭉 뻗어 헬맷을 휙 당겼다. 덕분에 충돌하는 것을 면한 백현기는 그제야 눈을 뜨고 주위를 살폈다.

위기가 찾아오자 즐기던 기색은 사라지고 단박에 집중해 수습하는 것도 놀라운데, 민호는 그 와중에 침착함까지 보이고 있었다.

"보면 볼수록 놀라운 친구야."

오래전, 한국이 왜 헐리웃만큼 뛰어난 액션영화를 찍지 못하는지에 대한 기자의 질문에 송도하는 이런 대답을 했었다.

액션 하면 떠오르는 전문배우가 없다는 것. 그러나 강민호는 그 유일한 대안이 되어줄 가능성이 무궁무진했다.

"안 되겠다. 우혁아!"

"네, 대표님."

"기자들 5시에 불러."

김우혁이 의문 섞인 눈빛으로 물었다.

"7시로 연기하신다고 하지 않았어요?"

"이런 홍보 기회 다신 없다. 카메라 당장 정리해서 차량 스턴트장으로 간다. 민호 씨한테 기자들 앞에서 스턴트 가이드 영상 하나만 더 찍자고 해. 그리고 새로 들어온 차량 있지? 그것도 전부 가져와."

"영화할 때 쓰실 거 아니었어요?"

"때깔 맞춰야지!"

52.
매드 BB (2)

"네, 공 매니저님. 열쇠 거기 있어요."

─아, 찾았습니다. 금방 출발하겠습니다.

통화를 끝마친 민호는 테스트가 한창인 스턴트장을 바라보았다.

끼익 하는 소리와 함께 차량이 뒤집혀 도로 위에 미끄러지고, 그것을 크레인으로 다시 뒤집는 작업의 반복. 차 안에서 테스트를 보는 배우들은 그 사이사이 연기까지 선보이며 조연 자리를 꿰차기 위해 안간힘을 쓰고 있었다.

'확실히 예능이나 드라마 보다 출연자 선정이 까다로워.'

무전으로 테스트 작업을 지시하던 박진영이 민호와 눈이 마주쳐 친근한 웃음으로 고개를 끄덕여 보였다. 민호는 고맙다는 표정으로 목에 걸고 있는 보호구를 가리켰다.

아까의 사고 아닌 사고로 기자들 참관이라는 귀찮은 일이 생기긴 했지만, 그 덕분에 박진영의 목보호구를 2시간 동안 계속 들고 있을 수 있게 됐다.

'박 팀장님 능력은 끝내준다만⋯⋯.'

그가 박철의 아들이라는 사실을 확인하고 나니, 한 가지 사실이 궁금해지지 않을 수 없었다.

두 애장품이 어울려 나타나는 시너지 효과.

아버지와 아들 사이에 차라는 공통점이 있다면 가능성은 충분했다. 그것을 확인해 보기 위해 민호는 공 매니저에게 붕붕이를 이곳으로 가져올 것을 부탁해 놓은 상태였다.

그렇게 30분 정도가 흘렀다.

테스트를 구경하며 쉬고 있던 민호는 세트장 진입로 쪽에 나타난 클래식카에 시선이 머물렀다.

'왔구나!'

공 매니저가 운전 중인 붕붕이가 점점 가까워지자 민호의 입가에 미소가 번졌다. 붕붕이와 목보호구가 동시에 빛나고 있던 것이다.

시너지가 있는 것은 확인했다. 이제는 그 효과를 누려볼 차례였다.

"여기에요, 공 매니저님!"

민호가 환한 웃음과 함께 정비소에서 달려 나갔다.

"붕붕아아!"

시동을 건 민호의 정겨운 외침에 화답한 건 예의 시작 음성이었다.

–드라이버 시뮬레이터를 시작합니다.

"그래, 그래."

삐빅.

–대기하십시오. 새 정보를 업데이트 중입니다.

라디오의 불빛만 깜박일 뿐 붕붕이는 한동안 말이 없었다. 박진영의 운전 솜씨가 깃들어 있는 목보호구를 착용 중인 터라 붕붕이에게 살짝 혼란이 온 모양이었다.

–……드라이버의 부족한 경험과 기술이 보완되어 상급 시뮬레이터가 가동됐습니다.

"오!"

–수준이 상향됨에 따라 지금부터 프로 레이싱에 적합한 조언이 가능합니다.

"그렇다는 소리는 내가 드디어 KSF 챔피언에 도전해도 될 만큼의 A급 드라이버가 됐다는 거지?"

–…….

불빛이 말없이 한차례 깜박였다. 긍정의 의미. 매번 무시만 하던 붕붕이가 차마 칭찬을 입 밖에 못 내는 것을 목격한 민호는 속으로 쿡쿡 웃었다.

"어쩌겠냐. 애장품을 활용하는 것도 내 능력인 것을. 나중에 F1 같은데 출전하는 레이서의 애장품 빌릴 기회가 있으면 너 깜짝 놀랄……."

똑똑.

민호는 창문을 두드리는 소리에 고개를 돌렸다. 송도하가 손을 흔들고 창문을 열어 달라는 손짓을 해보였다.

"잠시만요!"

구식인 만큼 창을 돌려서 열어야 하기에 팔을 열심히 놀려 유리를 내렸다.

"와, 차 예쁘네. 민호 씨 건가요?"

"네, 시간이 남아서 잠깐 타보려고 가져왔어요."

대답을 마친 민호의 무슨 일이냐는 눈길에 송도하가 종이를 내밀었다.

"5시에 가이드 촬영할 액션씬 구성이 끝났어요."

민호는 스턴트 콘티가 그려진 종이를 받고 빠르게 훑었다.

스토리 배경은 본래 시나리오에서 따왔다. 급하게 돈이 필요해 불법 레이스 장소를 찾아온 주인공. 그러다 평소 악연이 있던 도박 조직의 보스와 마주쳐 그를 뿌리치고 주차장으로 도주하는 것이 시작이었다.

"주행 동선이 좀 복잡하죠? 좁은 공간에서 차를 몰아 추격자들을 상대하는 신이라. 진영이가 민호 씨 실력이면 이 정도는 해야 한다고 고집을 피우더군요."

"시작 전까지 계속 보면 될 것 같아요."

콘티의 주행라인은 박진영의 경험이 있는 지금 한번 보고 단박에 기억할 수 있었기에 민호는 선수를 쳐 송도하를 안심시켰다. 그러나 콘티를 열심히 보는 척하는 민호를 향한 송도하의 눈길에는 걱정이 떠나지 않았다.

"아니지, 이럴 게 아니라 직접 움직이면서 설명해 드릴게요. 정현아! 세팅한 차 가져와! 진영이 콜 하고."

이러다 붕붕이를 몰아볼 시간까지 전부 빼앗길지 모른다는 생각이 든 민호가 급히 물었다.

"대표님, 동선 체크는 이 차로 해도 되지 않나요?"

"그 차로? 그럴래요?"

졸지에 붕붕이의 조수석에 송도하가 올라탔다. 구식이지만 품위가 있는 내부 장식을 구경하던 송도하가 고개를 끄덕였다.

"안쪽도 아담하니 분위기 있네. 이런 차가 민호 씨 취향이었구나."

카 스턴트 테스트가 끝나고, 가이드 촬영 준비가 한창

인 공터로 둥근 헤드라이트를 가진 클래식카가 이동해 왔다.

스태프들의 시선이 붕붕이에 머물렀다. 그중에는 붕붕이를 한번 보길 원했던 박진영의 시선도 있었다.

민호는 '이따가 자세히 보세요~'라는 눈빛으로 고개를 숙여 보인 뒤에 나무판자가 곳곳에 세워져 있는 진행로로 붕붕이를 몰아 나갔다.

"차량 안에도 카메라를 여러 대 달 거예요. 잘 뽑히면 티저 영상으로 쓸 생각이니 실제 연기한다는 생각으로 임해 주시면 좋아요."

"네."

민호는 엔진의 진동음을 통해 발끝과 엉덩이로 전해지는 노면의 선명한 정보에 신기함을 느끼던 중이었다. 차체가 마치 몸의 일부가 된 것마냥 편안했다. 이 상태로 운전하면 0.1㎜ 단위의 페달 조작도 가능할 것만 같았다.

액션 신의 시작 지점을 가리킨 송도하가 말했다.

"여기서부터 촬영 시작이에요. 후진으로 나가다 차를 단번에 돌려서……."

민호는 이 말을 듣고 반사적으로 실행에 옮겼다.

붕붕이가 제자리에서 빙글, 깔끔한 턴을 해 다음 주행라인 앞에 멈춰 섰다. 차 바깥의 상황이 느리게 느껴지는 극한의 동체시력과 그에 걸맞은 기술을 함께 보유하고 있기에 송도하의 말이 채 끝나기도 전에 실행을 완료해 버렸다.

"마, 맞아요, 그렇게. 민호 씨 액션캠에서 본 것보다 훨씬 잘하네요."

"겨우 턴인데요, 뭐. 저기 계신 박 팀장님이 더 잘하실걸요?"

송도하의 시선이 차분한 얼굴의 민호를 향했다. '겨우 턴'은 결코 아니었다. 차가 갑자기 회전하면 관성이 생겨 몸이 움찔하게 마련인데 민호의 드라이빙에는 전혀 그것이 없었다. 마찰력이 적은 얼음판 위를 노닐 듯, 하중 이동이 정말 매끄러웠다.

"양쪽에서 보스의 부하들이 달려들 거예요. 그때 앞으로 쭉 이동하다가 저쪽에서 꺾은 다음……."

지시와 거의 동시에 민호가 그대로 따라 했기에 송도하의 설명이 계속됐다.

"수차장의 출입구가 막혀 있는 것을 파악하고 다시 차 머리를 돌려서…… 그렇죠."

민호의 주행은 한 치의 빈틈도 없이 이어졌다. 동선 체크가 아니라 충분한 연습 후에 마지막 리허설을 하고 있다 해도 믿을 만큼 능숙하기까지 했다.

송도하는 나무판자와의 거리가 고작 5㎝도 떨어지지 않은 채 좁은 주행라인을 누비는 민호를 보며 감탄하지 않을 수 없었다. 칼 같은 운전을 하는 민호의 얼굴은 차분하다 못해 따분해 보이기까지 했다.

"됐어요, 민호 씨. 이렇게 해서 저 상자벽 위로 최종 점프를 하면 돼요. 지금 보니 스턴트 차량과의 합은 리허설 때만 맞춰도 충분히 하겠는데요?"

소기의 목적은 가볍게 달성했다. 붕붕이를 돌려 나오다 민호는 문득 떠오른 생각에 의견을 말했다.

"대표님, 저쪽으로 점프할 때요. 차를 옆으로 밀어서 가도 될 것 같은데요?"

"밀어요?"

민호는 라디오 쪽에 흘끔 시선을 던졌다.

"말로 설명하기가 좀 그런데. 연습할 겸 처음부터 빠르게 한번 가볼까요?"

저속 주행에 손과 발이 계속해서 근질거렸던 민호가 눈을 빛내며 제안했다. 송도하는 고개를 끄덕이고 세트장에 있던 스태프 전부를 내보내라고 지시했다.

—좁은 지역 주행입니다. 각 코너에서 최저 빠르기를 유지해 안전을 도모하고 가속 조작으로 시간을 번다고 생각하십

시오.

붕붕이의 조언에 민호는 대답 대신 고개만 끄덕였다. 서서히 RPM을 올리다가 전방의 상황에 시선을 던졌다.

레이서의 동체시력으로 훑어본 트랙의 전경은 극히 협소했다. 핸들 조작에서 단 1㎜의 오차만 생겨도 위험이 따라오는 레이스라고 상상하니 가슴이 떨려왔다. 그만큼 구간기록을 줄이는 보람도 있겠지.

치익.

–준비 끝났습니다.

송도하가 들고 있던 무전기에서 박진영의 음성이 들려왔다.

민호는 그대로 액셀을 밟아 붕붕이를 가속했다.

끼이익!

후진으로 차체를 빙글 돌렸다가 일직선으로 질주. 양옆에서 오는 차를 피해 코너를 쏜살같이 도는 움직임까지 걸린 시간은 단 2초였다.

웬만한 속도감에는 스릴조차 느끼지 못하는 송도하도 코너에 있는 장애물이 종이 한 장 차이로 훅훅 지나가는 것을 보고서는 시트를 움켜잡지 않을 수가 없었다.

–상황이 급박해지면 몸이 무의식적으로 반응해 핸들을 꺾거나, 액셀을 더 밟게 됩니다. 이것은 차의 하중을 불안정

하게 만드는 몹시 나쁜 본능입니다. 일류 레이서로 거듭나기 위해서는 생존반응을 최소화해야 합니다.

C급 나부랭이라고 무시할 때와는 전혀 다른 팁들이 쏟아졌다. 민호는 그것을 이해하고 적용할 수 있는 자신의 모습에 흐뭇함을 느끼는 한편, 프로에도 통할 만한 자원을 갖추고 있는 상태에서도 지적할 거리가 나오는 붕붕이에게 조금 압박을 느꼈다.

'이 목보호구가 없으면 나는 또다시 나부랭이가 되겠지.'

피할 수 없다면 가능한 한 즐겨야 한다. 민호는 온 정신을 집중해 핸들과 기어, 페달을 조작했다.

─선회 포인트에 주의하십시오. 올바른 라인을 타려면 시선 또한 올바른 라인을 따라가야 합니다.

기능적인 측면에서의 조언은 처음부터 없었다. 레이서의 시야에 관한 조언을 들으며 민호는 최종 점프대 앞에 도착했다.

"와, 민호 씨. 1분은 걸릴 줄 알았는데, 30초 만에 여기까지……."

송도하가 온전히 감탄을 끝마치기도 전에, 민호는 붕붕이의 하중을 옆으로 옮기며 정면이 아닌 측면으로 점프대를 향했다.

"어어!"

점프대 위를 드리프트를 하며 진입한 붕붕이. 허공에 있는 가상의 길을 미끄러지며, 약 1.5초간의 체공시간 뒤에 공터 왼편의 도로에 안착했다.

텅!

송도하는 바퀴와 바닥이 닿는 충격에 몸이 위로 튀는 것을 느꼈으나 그것뿐, 다른 쏠림현상이 전혀 없이 차가 가던 길을 가는 것을 보고 헛웃음을 흘렸다.

진짜 이렇게 도주한다면 뒤따라오던 차들은 방향을 틀거나 점프 충격을 수습하느라 절대 추격하지 못할 것이 분명했다.

중앙 2차선 길을 질주한 붕붕이가 정비소 앞에 멈춰 섰다. 구경 중이던 박진영이 환호하며 달려왔다.

"방금 액션 끝내줬어! 최고야, 최고."

"감사해요. 팀장님이 짠 액션 동선이 멋있어서 그래요."

"아냐, 마지막 점프는 생각도 못 했다고."

송도하는 박진영과 대화하는 민호를 쳐다보며 새삼 놀라고 말았다. 카 점프 스턴트를 완벽히 끝내고 호흡 하나 흐트러지지 않았다. 가만 생각해 보니 격투 스턴트를 할 때도 똑같았다.

소싯적 외국 영화판을 전전하며 여러 스턴트를 경험해 봤지만 이렇게 다방면에서 안정적인 스턴트를 구사하는 배우는 본 적이 없었다. 규모가 큰 액션의 불모지라 할 수 있는 한국에서 이런 배우의 존재는 보물과 다름없었다.

"민호 씨."

"네?"

"혹시 이 영화 시리즈로 할 생각 없어요? 민호 씨만 승낙하면 엔딩을 바꿔 버리게."

"시, 시리즈요?"

송도하는 확신에 찬 눈길로 말했다.

"민호 씨가 액션 스타로 발돋움할 수 있는 포인트가 보였어요."

옆에서 듣고 있던 박진영도 고개를 끄덕였다.

"대표님이 다른 건 몰라도 액션을 보는 눈만큼은 정확하셔. 잘 생각해 봐, 민호야."

진지한 이야기를 건네는 두 사람에 민호는 턱을 긁적일 수밖에 없었다.

'액션 스타? 내가?'

그냥 운전하는 것이 재밌어 정신없이 했을 뿐인데 얘기가 언제 이렇게까지 진행된 건지 모를 일이었다.

《'더 리얼' 카 스턴트 액션 가이드 컷》

민호는 나무판자가 문처럼 세워져 있는 장소 뒤에 대기하며 촬영 개시 신호를 기다렸다.

"아아. 모두 제 위치로."

송도하가 확성기를 입에 대고 공터 전체가 들리도록 말했다.

"강민호 씨, 준비됐어요?"

민호는 손가락을 말아 오케이 사인을 보냈다. 그리고 정비소 왼편의 간이 의자에 앉아 있는 기자들에게 시선을 돌렸다.

굵은 렌즈가 달린 카메라 십여 개가 자신에게 집중되어 찰칵거리는 것을 보고 있자니 아까는 들지 않았던 부담감이 스멀스멀 피어올랐다.

제작 발표회 전에 찍는 이 신은 호의적인 기사와 부정적인 기사를 판가름하는 중요한 기로였다.

"연기만 신경 쓰자. 연기만."

심호흡하며 긴장감을 떨쳐냈다. 리허설이다 뭐다 가이드 촬영준비 때문에 정작 붕붕이를 몬 시간은 30분 정도에 불과했다.

하지만 실망하진 않았다.

민호의 시선이 공터 한쪽, 주차장으로 꾸며진 곳에 대기 중인 붕붕이에게 머물렀다.

기존에 준비된 차량 대신에 붕붕이를 사용하겠다고 얘기하니 박진영이 흔쾌히 허락한 까닭에 카 스턴트에 대한 고민은 더 할 필요가 없어졌다.

'게다가…….'

목보호구를 계속 벗지 않았기에 박진영에게 돌려준다 해도 여운은 남아 있을 터. 촬영 끝나고 붕붕이와 함께 쭉 뻗은 도로를 달릴 생각을 하니 벌써 흥분됐다.

"레디— 액션!"

송도하의 신호와 함께 민호가 나무판자를 박차고 들어섰다. 안쪽에서 대기 중이던 검은 양복의 스턴트맨 다섯이 한꺼번에 민호에게 시선을 돌렸다.

"아아니? 뭐야, 이 자식은? 보스~ 여기 보세요!"

"어디? 이게 누구야? 태식이잖아!"

스턴트맨들의 어색한 톤으로 점철된 대사가 이어졌다. 모니터로 그것을 지켜보고 있던 송도하는 '어이구 두야' 하고 미간을 짓눌렀으나 이내 민호를 보며 기대감이 어린 눈빛을 보냈다.

반지를 착용하고 있던 민호는 어떤 작전에 나가도 여유 있는 태도를 보이는 요원의 성향을 따라 담담히 물었다.

"황 사장. 이 레이스 당신이 주관하고 있었어?"

톤이 안정된 민호의 대사에 순간 시트콤을 넘봤던 장면이 다시 영화로 돌아왔다. 보스 역할의 스턴트맨이 '흥!' 하고 코웃음을 쳤다.

민호는 눈을 움직여 상대해야 할 적의 숫자를 헤아리고 도주 경로를 찾는 작업을 단번에 끝마쳤다. 그 미묘한 표정이 고스란히 카메라에 담겨 장면의 몰입감을 상승시켰다.

민호가 말했다.

"조용히 찌그러져 있으면 옛정을 생각해서 그냥 가줄게."

"뭐?"

본래 대사는 '물러서, 다친다'였으나 요원의 능글맞은 성향 때문인지 상대를 도발하는 말로 바뀌어 튀어나와 버렸다. 다행히 맥락은 같았기에 스턴트맨이 다음 대사를 이어주었다.

"잡아!"

합을 맞춰 둔 짧은 격투 장면이 시작됐다.

민호는 가장 가까이에서 다가오는 스턴트맨의 가슴팍에 송곳 같은 찌르기를 먹인 뒤에 팔을 꺾어 뒤따르는 스턴트맨에게 밀쳤다. 그사이 옆을 노리고 들어온 스턴트맨이 주먹을 휘두르는 것을 피하며 연속동작으로 강한 회전 발차기를 먹였다.

퉁, 하는 소리와 함께 두 명이 비틀거리고 한 명이 바닥을 뒹굴었다.

뒤늦게 달려온 네 번째 스턴트맨이 양팔로 민호의 허리를 휘감았다. 몸을 비틀어 뿌리치고 상체를 낮춰 다리를 태클. 같이 쓰러지던 민호가 재빨리 바닥을 굴러 거리를 벌렸다.

단박에 이뤄진 격투 동작에 모니터를 주시 중이던 송도하가 만족스러운 표정을 지었다.

민호는 그대로 보스에게 달려가 팔로 목을 휘감은 채 말했다.

"움직이지 마. 너희 보스 죽는다."

신음하며 일어서던 스턴트맨들이 멈칫했다. 민호는 서서히 뒷걸음질을 치다 주차장 쪽으로 이동했다.

"황 사장. 네 차는 어떤 거지?"

보스가 붕붕이를 가리켰다. 품을 뒤져 키를 빼앗은 민호가 보스를 밀치고 차에 올라탔다. 민호의 현실감 있는 움직임 덕에 상황에 폭 빠진 보스 역의 스턴트맨이 최후의 연기 열정을 불태웠다.

"저 새끼 따라가! 애들 다 불러!"

민호는 시동을 걸자마자 후진으로 나가 차를 돌렸다.

불법 레이스에 참여 중이던 보스의 부하들이 하나둘 차량에 탑승해 본격적인 카 액션의 서막을 알렸다.

요소요소 튀어나와 길을 가로막는 차량을 피해 아슬아슬한 코너링을 이어나가는 묘기. 도저히 각이 나오지 않는 좁은 길을 드리프트로 지나가 버리는 장면이 속출되자 정비소 옆 기자들은 감탄을 숨기지 못했다.

"박 기자. 저 안에 타고 있는 거 강민호 아니지?"

"코너 돌 때 줌 당겨서 봤어. 강민호야."

"미친. 연습 촬영 퀄리티가 이 정도라니. 나 이 영화 꼭 본다."

"김 기자 그거 공식적인 발언이야?"

"뭔 상관! 남자의 로망이 저기 있잖아."

카 스턴트는 계속되어, 하이라이트가 될 점프대 앞에 민호와 붕붕이가 도달했다.

끼이이이익!

드리프트로 점프대를 오른 붕붕이가 하늘을 잠시 날았다가 '스턴트 로드' 세트장의 중앙 도로에 안착했다. 2차선 도로 위를 달려 정비소 앞에 멈추자 격투 신으로부터 약 1분간 숨 막히게 펼쳐진 가이드 촬영이 끝났다.

"대, 대박……."

"워, 나도 이 영화는 봐야겠어."

모니터를 주시 중이던 송도하는 기대한 만큼의 그림이 고스란히 나와 주자 대만족한 얼굴이 되었다.

"컷!"

찰칵. 찰칵.

오후 5시 30분부터 액션스쿨 메인홀에서 진행된 제작 발표회는 방금 있었던 스턴트 시범 때문에 시끌벅적했다.

-한강일보 심선우입니다. 강민호 씨 하면 스마트한 이미지가 강한데, 정반대의 리얼 액션을 추구하는 영화를 택하신 이유가 있다면?

"송도하 대표님과의 작업이 기대됐거든요. 그리고……."

-주간 스포츠 한신욱입니다. 대체 그런 스턴트 실력은 언제 쌓으신 겁니까?

"좋은 스승님이 여럿 계세요. 바람둥이 같은 분도 있고, 아주 깐깐하신 분도 있고……."

-운전 비결 한 말씀 부탁해도 될까요?

"좁은 지역을 주행할 때는 최적의 라인을 찾아 시선 처리를 중점적으로……."

-강민호 씨의 한계가 궁금하다는 댓글 혹시 보셨습니까?

"왜 그러세요, 저 한계 많은 남자예요……."

─강민호 씨! 미디어 내일입니다!

─강민호 씨!

발표회 내내 영화 내용보다는 민호 본인의 근황이나 신상에 대한 질문 공세가 이어졌음에도, 주최자인 송도하는 입가에서 웃음이 떠나지가 않았다.

"공 매니저님. 저 먼저 출발해요!"

민호는 생각보다 길어진 제작발표회가 끝나자마자 바로 건물 밖으로 뛰어나오며 소리쳤다. 박진영의 애장품을 활용했던 여운이 조금이라도 남아 있을 때 붕붕이를 몰아보기 위해서였다.

'으휴, 벌써 8시가 넘었네.'

주차장으로 뛰어나온 민호는 붕붕이 앞에 서 있는 어둑한 그림자에 시선이 머물렀다.

"박 팀장님?"

"민호야."

박진영 팀장이 민호에게 다가와 손을 내밀었다.

"오늘 수고 많았어."

"뭘요. 박 팀장님이야말로 고생 많으셨어요."

"촬영하느라 타이어가 많이 마모돼서 광폭으로 새로 갈았어. 길 좀 들여야 할 거야."

발표회 시간에 보이지 않더니 차를 관리해 준 모양이었다. 붕붕이의 새로운 발을 확인한 민호가 박진영에게 고개를 숙였다.

"그러지 않아도 정비센터 한번 가보려고 했는데. 감사해요, 팀장님."

"공짜 아니다. 죽여주는 카 액션 같이 찍자고 주는 뇌물이야."

"그거야……."

민호는 박진영의 목에 걸린 보호구를 보며 '언제든 환영'이라고 속으로 중얼거렸다.

박진영은 붕붕이의 지붕을 한차례 쓰다듬었다.

"참 신기해. 이차가 왜 너한테 간 건지 조금 알 것 같아. 아버지가 너처럼 꼭 자로 잰 것 같은 운전을 즐기셨거든."

"비슷해요? 박철 선생님이 제가 닮고 싶은 레이서라서 그럴지도 모르겠네요."

붕붕이가 강조하는 드라이빙 시뮬레이터 속의 이상적인 운전을 따라 한 것뿐이기에 민호는 이렇게 변명했다.

"나는 아버지 돌아가실 때까지 만날 욕만 먹었거든. 붕붕이가 좋은 주인을 만나 잘 돌아다니는 걸 보니 뿌듯한 거 있지."

이 말에 민호는 낮에 박진영의 애장품에서 엿본 추억을 떠올렸다. 아들이 기어 변경을 의외로 잘하는 것을 보며 내심 좋아하던 박철의 얼굴.

"박 팀장님."

"응?"

"주제넘은 말로 들리실지 모르겠지만, 아마 박철 선생님께서 지금 박 팀장님을 보면 무척 대견해하실 거예요. 국내에서 유일한 카 스턴트 특화 전문가시잖아요."

박진영의 애장품을 들고 붕붕이에 올라탔을 때, 붕붕이는 분명히 인정했다. 경험과 기술이 출중한 한 사람의 드라이버가 됐다고. 그 말은 박진영을 인정한다는 소리기도 했다.

"말이라도 고맙다, 민호야."

붕붕이를 지켜보는 박진영의 눈빛에 어린 그리움의 감정에 민호는 잠시 숙연해졌다. 괜한 말을 했다 싶어 분위기 전환할 겸 민호가 입을 열었다.

"그러고 보니 박철 선생님도 카 스턴트 하다가 나스카 데뷔하시지 않았어요?"

"그런 것까지 알아? 아버지가 스턴트 하신 거는 엄청 오래전 일인데."

"팬이라고 했잖아요. 말 나온 김에 언제 우리 서킷 가서 달려 봐요. 박 팀장님의 레이싱 본능이 튀어나올지도 몰라요."

"언제 그래 보자. 나도 너한테 배울 게 많을 거 같아."

"설마요. 제가 배울 게 훨씬 많습니다."

민호는 목보호구를 또다시 빌릴 약속을 은밀히 기약하며 붕붕이에 올라탔다.

부릉―

―드라이버 시뮬레이터를 시작합니다.

"붕붕아."

―대기하십시오. 새 정보를 업데이트 중입니다.

"웬 업데이트? 아오, 끝났구나."

민호는 목보호구의 여운이 사라졌음을 깨닫고 아쉬움의 입맛을 다셨다. 사이드미러로 손을 흔들고 있는 박진영에게 고개를 숙여 보인 뒤에 액션스쿨을 벗어났다.

대로에 진입해 속도를 올리며 기어를 변경하던 민호는 한참 동안 말이 없는 라디오를 향해 먼저 백기를 들었다.

"그래. 실컷 비웃어라."

―기어 변속이 아침보다 능숙해졌습니다. 짧지만 실전 같은 드라이빙이 효과가 있는 것 같다는 판단이 듭니다. 앞으로도 이런 방식으로 훈련을 쌓으면 머지않아 B급 라이센스 획득도 가능할 겁니다.

"어? 너……."

갑자기 칭찬을 듣자 어안이 벙벙해진 민호는 이내 씩 웃고
말았다.

　어쩌면, 그 옛날 아들에게 해주지 못했던 칭찬을 붕붕이의
입을 빌려 지금 해주고 있는지도 몰랐다.

53.
매드 BB (3)

다음 날.

민호는 이른 아침부터 불이 난 것처럼 울려대는 휴대폰에 정신을 차렸다. 눈을 비비며 통화 버튼을 누르니 잔뜩 흥분한 공 매니저의 음성이 날아들었다.

-민호 씨! 기사 보셨습니까?

"이제 일어났어요. 잠깐만요, 노트북 좀 켜고."

-요즘 화제인 월화드라마 '불량닥터'를 제치고 '더 리얼'이 실검 1위를 먹었습니다!

하품을 크게 하고 기사를 검색하던 민호는 포털사이트에 도배된 동영상 주소 링크를 클릭하고 놀라지 않을 수 없었다.

어제 가이드 영상으로 촬영한 카 스턴트가 제대로 편집되어 올라와 있었다. 영화 제작사 쪽에서 홍보 목적으로 올린 것임에도 조회수가 장난이 아니었다.

【영화 '더 리얼' 스턴트 동영상 하룻밤 만에 100만 조회수 달성! 해외에서 더 인기.】

【충격! 헐리우드도 감탄한 강민호의 미친 스턴트!】

【송도하, "우리는 이 영화로 진정한 액션 스타의 탄생을 기대한다"고 밝혀.】

기사의 헤드라인들을 쭉 훑어 내리는 와중에 공 매니저의 음성이 이어졌다.

ㅡ확인하셨습니까?

"네, 반응이 무지 좋네요."

ㅡ아직 크랭크인도 안 한 영화 검색 순위가 1등이 된 데에는 민호 씨의 공보다 큰 건 없습니다. 쌍호모터스에서 영화와 연계해 CF 섭외까지 고려 중이라고…….

쌍호모터스 사장과 통화를 끝낸 임소희가 무척 좋아하고 있다는 공 매니저의 들뜬 음성이 한동안 이어졌다.

ㅡ오전 운동은 몇 시쯤 가시겠습니까? 오늘 윤이설 씨 행사 구경도 가신다고 하지 않으셨습니까?

"아, 저 데리러 오실 필요 없어요. 밤에 은하 씨 운전 가르쳐 주려면 자가용을 끌고 다녀야…… 크흠, 흠."

민호는 헛기침한 다음 말했다.

"드라마 촬영 들어갈 분량 은하 씨와 연습도 할 겸 데려다 주기로 했어요."

─요즘은 자가용 이용이 잦으시군요. 어제도 그 차로 촬영까지 하시더니, 카 스턴트에 푹 빠지셨나 봅니다. 민호 씨가 열심히 하면 어떤 장면이 나올지 상상조차 안 갑니다, 하하! 그럼, 내일 아침에 뵙겠습니다.

"상상 안 하셔도……."

달칵.

"아니, 왜 또 그렇게 연결하시는 거야."

아무리 공 매니저님의 기대를 받는 게 일상이 됐다지만, 나중에는 숨만 쉬어도 무언가를 기대할지 모르겠다는 불안감이 드는 민호였다.

전화를 끊은 민호는 하품을 하며 노트북으로 오늘 날씨를 검색해 보았다.

─북상하던 제20호 가을 태풍 '누리'가 일본 동쪽 해상에서 온대저기압으로 변질됐습니다. 오늘 하루 서울은 쾌청하겠으며, 고기압의 영향으로…….

창문으로 보이는 햇살은 맑았다.

'그나저나 은하 씨 운전 연수는 잘 시켜줄 수 있을까?'

박철이 박진영의 도로주행 연습을 돕던 모습을 실제로 목격하고 나니 붕붕이가 조언을 제대로 해줄지 판단이 서지 않았다.

"정 안되면 라디오 끄고 내가 하지 뭐."

서은하가 걱정하던 사이좋은 부부도 다투게 하는 불상사가 일어나지 않길 빌면서, 민호는 씻기 위해 욕실로 향했다.

연예인들이 많이 찾는다는 강남 헬스장.

헬스장 구석에서 덤벨 두 개를 들고 식식거리며 전신 근육을 단련하는 민호의 모습에 지나가던 트레이너가 입을 열었다.

"회원님, 그렇게 무리하면 금방 퍼집니다. 목표 부위와 세트를 정해놓고 체계적으로 하세요. 가만있자. 군더더기 없는 체형이시네. 근육 붙이기는 좋겠어요. 역삼각? 초콜릿 복근? 어떤 부위를 원하시는지······."

"그렇게 본격적으로 할 건 아니라서요. 체력 기르는 용도로만. 저 신경 쓰지 말고 가세요."

다 죽어가는 낯빛으로 이런 말을 하는 민호를 이상하게 바라보던 트레이너는 팔다리 뻗는 모양새가 초심자처럼 어설프지는 않기에 고개를 끄덕이며 다른 회원에게 걸어갔다.

"후우. 후우."

체력 단련을 위한 스케줄은 JB와 비숍이 과거에 훈련했던 방식을 따랐다. 식스팩 만들기 용이 아닌, 생각하는 대로 몸이 반응해 즉시 움직일 수 있게 근육 전체를 가꾸는 실용적인 방식.

실제 요원의 기준을 통과할 만큼의 혹독한 단련은 아니었으나 그럼에도 한계치까지 몸을 몰아세우는 과정이 필요했다.

잠시 후.

땀을 뻘뻘 흘리며 밖으로 나온 민호가 향한 곳은 아래층의 수영장이었다. 마무리로 20분간의 잠영 훈련을 끝내고 나니 팔다리가 후들후들, 어딘가에 눕고 싶은 심정이 되어 버렸다.

샤워까지 끝마치고 주차장으로 내려온 민호는 붕붕이에 앉으며 축 늘어졌다.

"이 훈련법, 반의반도 안 따라 했는데도 쉽지가 않아."

앞으로 꾸준히 이런 식의 훈련을 해야 한다 생각하니 벌써 지치는 기분이 들었다. 그러나 어떤 애장품을 만나든 제대로 활용하기 위해서 필수적인 과정이었기에 포기할 생각은 없었다.

차의 시동을 걸고 라디오를 켠 민호가 말했다.

"죽겠다, 붕붕아. 체력 단련 힘들어~"

―더 높은 단계의 드라이버가 되기 위해서는 주행 중 오는 피로를 극복할 강한 체력이 요구됩니다. 단련하겠다는 마음가짐은 계속 유지하십시오.

"힘들어. 힘들어."

―열매를 맺기 전에 갖는 인내는 항상 쓴 법입니다.

민호의 투정에 붕붕이는 입 다물고 훈련하라고 응수했다. 주차장을 벗어나며 민호는 고개를 절레절레 흔들었다.

"하여튼 까칠해. 어구구, 힘드셨어요? 하고 위로해 주면 어디가 덧나?"

―'위로' 옵션은 이 시뮬레이터에 포함되어 있지 않습니다.

"옵션 추가를 정식으로 요청한다!"

붕붕이는 대답이 없었다.

"붕붕아~"

민호는 계속 묵묵부답인 라디오에서 시선을 돌려 다음 목적지인 한강 특설무대로 차를 몰아갔다.

"근데 주행피로라고? 어제 그렇게 운전했는데도 피곤한 거 모르겠던데?"

―5,800cc의 8기통 엔진으로 500마일을 달려야 하는 차 안에서, 나스카 레이서는 극한의 인내력을 시험받습니다.

"나보고 나스카에 출전하라는 거야? 나 그 정도 실력이 된 건가? 오오!"

어깨를 으쓱하는 민호에게 붕붕이의 무미건조한 대답이 이어졌다.

─꿈은 크게 갖는 법이라 했습니다.

민호는 어젯밤에 잠들기 전에 검색해 본 나스카 레이싱 영상을 떠올렸다. 타원형 트랙 안에 40여 대의 차가 모여 쇼트 트랙처럼 마구 달리는 모습. 차끼리 충돌해서 공중회전을 하는 것은 늘 일어날 정도로 박력 있는 질주였다.

"한번 손에 땀을 쥐는 레이싱을 경험해 보고 싶긴 해. 어제 그 애장품에 덧붙여 붕붕이 너와 함께라면 가능하지 않겠어?"

─50도를 넘나드는 열기가 생기는 콕핏에서 버텨낼 수 있는 체력부터 기르십시오.

"그건……. 에어컨 틀면 되지 않을까?"

─단열재도 없는 금속 프레임이 차체 장비의 전부입니다. 레이서는 방염 레이싱 슈트와 헬멧, 글러브를 착용하고 통기성이 없는 상태로 머신에 앉아야 합니다.

"머, 먼 훗날로 기약하지."

들으면 들을수록 보통의 체력과 정신력으로 시도할 수 있는 모터스포츠가 아니었다.

"어쨌든 지금은 우리 이설이 보러 가자고! 맞다, 붕붕이

너 이설이 '눈맞춤' 들어 봤어? 라디오에 자주 나오는데 반응 무지 좋아."

　－'음악 감상' 옵션은 이 시뮬레이터에…….

"그래? 그럼 내가 한번 불러줘 볼까? 아아. 하나둘. 하나둘."

　－소음공해가 예상됨으로 시뮬레이터를 종료하고 라디오 모드에 들어갑니다.

　치익.

　－57분 교통정보를 알려 드립니다. 현재 성산대교 강북 방향으로 정체가 심해지고…….

"야, 붕붕! 너 인마 이러기야?"

　한강의 특설무대가 저 멀리 보이는 대로 앞.

　목적지를 코앞에 두고 느려지기 시작한 차량 행렬은 야외 주차장 입구가 가까워지자 아예 멈춰 버렸다. 강변의 행사장으로 걸어가는 인파도 상당했기에 민호는 창밖으로 그것을 구경하며 중얼거렸다.

"시 주최 행사라 그런가? 사람 많네. 이설이 무대 올라가기 전에 긴장하지 말라고 기운 좀 북돋아 줘야 하는데…….

　초조한 표정으로 행사장을 살피던 민호는 길을 걷고 있던 사람들과 시선이 마주쳐 별생각 없이 눈인사를 건넸다.

"강민호잖아?"

"어디? 어머, 진짜네."

민호를 알아본 몇몇이 차 옆으로 다가왔다. 한두 명씩 몰리기 시작하자 더 많은 사람이 고개를 돌려 민호를 확인했다.

"민호 오빠, 사인 좀 해주세요!"

"저도요, 저도!"

여고생으로 보이는 소녀들은 아예 창문에 바짝 붙어 종이를 들이밀었다. 수동 창문인 터라 조수석 쪽은 조작할 수 없기에 민호는 "운전 중이라 안 돼" 하고 멋쩍은 웃음을 보일 수밖에 없었다.

"오빠, 청춘일지는 언제 또 나와요?"

"그건 더 안 찍고 대신 나 PD님이랑 다른 예능을……."

"알랭 귀국은 언제 하나요?"

"내일 촬영하니 아마도 다음 주면……."

"메디컬 문채는 의사님이랑 사귀시는 거예요?"

"응? 무슨 소리인지……."

한꺼번에 사람이 몰려 질문에 하나하나 대답하기조차 어려웠다. 보도의 통행이 방해될 만큼 모여든 사람들을 보며 민호는 난감해지지 않을 수가 없었다.

그간 밖으로 홀로 돌아다녀 보지 않은 까닭에 요 며칠 이

틀에 한 번꼴로 실검에 오르내린 위력을 체감하지 못했었다.

인기가 상승했다는 직접적인 결과를 눈앞에서 확인하고 나니 뿌듯함이 일면서도 앞으로 밖을 막 돌아다니기는 힘들 겠다는 생각이 들었다.

"어, 움직인다. 저 그만 갑니다!"

다행히 앞차가 움직이기 시작해 손을 흔들어 주고 이동해 나갔다. 그러나 차를 대야 할 주차장도 사방이 노출된 장소 였기에 사람들이 따라오는 것을 막을 수가 없었다.

'이런.'

이대로라면 이설이에게 가기는커녕 사람들에게 둘러싸여 몇 시간이고 사인을 해줘야 할지 몰랐다.

민호는 어쩔 수 없이 주차장으로 들어가는 대열에서 벗어 나 도로로 차를 몰아 나갔다.

"윤이설 씨, 스탠바이해 주세요!"

진행 스태프의 음성에 천막 안에서 대기하고 있던 윤이설 은 '후아~' 하고 작게 심호흡했다. 회사에서 붙여준 로드매 니저 심보훈이 잔뜩 굳어 있는 그녀에게 "파이팅!"을 외쳤으 나 긴장을 전부 풀어주진 못했다.

'민호 오빠는 왜 안 오지? 온다고 했는데.'

한번 약속하면 어길 사람이 아니었기에 긴장한 가운데서

도 걱정이 들었다.

띠링.

마침 문자 도착음이 울려 윤이설은 얼른 휴대폰을 열었다.

[연습한 만큼만 하면 관객들 좋아할 거야. 내가 홍대 공연만 아니면 옆에서 코치해 주는 건데. 미안타.]

이상건의 문자였다.

[아녜요, 선배님. 잘하고 내려가겠습니다!]

답장을 마친 윤이설은 아쉬운 마음을 뒤로한 채 기타를 들고 무대로 향했다. 무대가 가까워지자 대형 스피커에서 흘러나온 음악 소리가 귓전과 가슴을 동시에 때려왔다.

두구두구! 챵챵!

이 정도 출력의 스피커에 대고 노래하는 것도 처음이고, 만 명에 육박하는 관객 앞에서 노래하는 것도 처음이었다.

더불어 그녀의 앞 순서 공연을 펼치고 있는 밴드, '풀브레인'은 관객들의 호응을 제대로 이끌어 내고 있었다. 환호하는 관객들이 앵콜을 외치자 준비해 둔 마지막 곡을 시작했다.

윤이설은 숙련된 무대매너를 선보이는 밴드를 보며 그나마 있던 약간의 자신감마저 저 먼 어딘가로 사라지는 것이 느껴졌다.

"잘하자, 이설아. 우리 대표님 부끄럽지 않게."

손을 꼭 붙잡고 기운을 북돋던 그녀의 어깨는 이내 축 늘어지고 말았다. 풀브레인의 앵콜 공연에 들썩이던 관객들이 전부 일어나 뛰기 시작한 것이다.

저런 분위기 뒤에 노래를 불렀다간 눈총을 받을 것만 같다는 불안함이 윤이설의 어깨를 짓눌렀다.

그때였다.

"뭘 그리 떨고 있어."

시끄러운 스피커 사이로 들려온 나지막한 목소리. 그러나 윤이설은 바로 누군지 알아듣고 고개를 돌려 활짝 웃었다.

"대표님!"

"미안. 알아보는 사람이 너무 많아서 변장 좀 하고 오느라 늦었어."

"변장이요?"

민호가 가까이 다가오자 조명 빛에 얼굴이 드러났다.

"어? 대표님 얼굴이……."

목소리는 민호인데 얼굴은 전혀 다른 분위기의 남자였다.

"놀라지 마, 특수분장한 거니까. 헐리웃에서 쓰는 용액 같은 게 있어."

"와, 신기해요."

"그만 쳐다보고. 이제 올라가야 하는데 뭐 하는 거야."

윤이설의 앞으로 다가온 민호는 그녀가 허리춤에 걸고 있던 반주 확인용 이어폰을 손에 들었다.

"등 돌려봐. 선 정리해 줄게."

이어폰 줄을 뒤로 감아 돌리며 민호가 물었다.

"보통은 관객 소리 때문에 볼륨을 최대치로 해놓는데, 이설이 너는 소리 구분 잘하니까 적당히 낮춰도 될 거야. 공 매니저님이 그러시는데 무대 오래 서면 이것 때문에 고막이 많이 약해진다고 하더라."

"네, 대표님. 명심하겠습니다!"

민호가 윤이설의 이마를 손끝으로 콩 찍으며 말했다.

"명심까지 할 필요는 없다."

"헤헤."

윤이설은 자상하게 이어폰을 걸어주는 민호를 올려다보며 비로소 안정을 찾은 얼굴이 됐다. 강아지처럼 맑게 반짝이는 눈이 된 그녀에게 민호가 피식 웃으며 말했다.

"긴장 풀고 즐기다 와. 너 좋아하는 음악 하는 거잖아. 그걸 같이 들어줄 사람이 훨씬 많다고 생각해 봐."

윤이설은 고개를 끄덕이고 막 연주가 끝난 무대로 시선을 돌렸다.

'좋아하는 음악. 좋아하는······.'

잘하고 오라고 손을 흔드는 민호를 보며 윤이설은 첫 곡 '눈맞춤'을 완성했던 때를 떠올려 보았다.

눈만 마주쳐도 두근거리는, 수줍기만 한 짝사랑을 노래한 곡. 그때의 감정과 지금은 또 달랐다.

'다음에 작곡할 노래는 눈맞춤보다 좀 더 과감하게 가볼까?'

민호의 입에 시선이 머문 윤이설은 얼굴이 확 붉어졌다. 대표님께 곡을 쓰기 위해 턱없이 부족한 경험을 채워 달라고 주장해 보기 위해서는 일단 칭찬부터 듣는 편이 좋으리라.

윤이설은 기타를 어깨에 걸었다.

축 늘어져 있던 그녀의 어깨는 어느새 당당히 펴져, 관객을 만날 준비를 끝마쳤다.

─지금까지 풀브레인이었습니다. 다음은 요즘 가요계의 신데렐라로 떠오른 그녀! 스무 살 싱어송 라이터의 윤이설 양의 무대입니다. 벌써 자작한 히트곡만 3개라고 하네요. 여러분, 박수로 맞아 주십시오!

저녁 9시.

방송국의 지하 주차장에서 붕붕이와 함께 대기 중이던 민호는 창문을 두드리는 소리에 고개를 돌렸다가 깜짝 놀라고 말았다.

"홍 작가님."

"민호 씨, 촬영은 내일인데 여기서 뭐 하고 있을까아~"

"아, 그게요."

홍은숙 작가는 입을 가리고 호호 웃더니 말했다.

"놀라지 마. 은하 씨한테 다 들었어. 운전 가르쳐 준다며?"

"홍 작가님, 저희 아직 공식적으로는 아무 사이가 아니니까……."

"알지. 민호 씨랑 나랑 드라마 여러 개 해야 하는데 비밀 꼭 지켜야지."

"여러 편이요?"

"내가 민호 씨 여러 번 보면서 로맨틱한 면은 확실히 봤거든. 그런데 상남자 끼도 숨어 있을 줄은 몰랐잖아. 민호 씨 완전 양파 같은 남자라니까. 그거 여성 시청자들이 껌벅 죽는 매력이야."

스턴트 액션 동영상을 봤음을 직감한 민호는 웃음으로 때우며 나중에 얘기하자고 얼버무렸다.

"저기 은하 씨 오네. 어머, 촬영 때보다 더 예쁘게 꾸몄어."

홍 작가가 웃으며 손을 흔들었다.

"갈게, 민호 씨. 내일은 은하 씨 촬영 없으니까 그때 베.드.신. 언제 들어갈지 의논하자."

"네, 홍 작가님. 들어가세……."

무의식적으로 인사하던 민호는 방금 흘려들은 홍 작가의

말 중에 한 단어가 유독 강조되어 들리는 것을 느끼고 멈칫했다.

'베드신?'

민호는 엘리베이터에서 걸어 나오고 있는 서은하에게 시선이 머물렀다.

가을 분위기의 얇은 코트에 늘씬하고 말랑해 보이는 라인이 언뜻 드러난 몸매. 엷은 화장기로 더욱 깨끗하고 순수해 보이는 얼굴.

"민호 씨!"

반가운 기색으로 다가서는 서은하는 언제 봐도 매력이 흘러 넘쳤다. 그런 그녀와 합법적으로 한 침대에 누울 수 있다면, 그 기분은 이루 말할 수 없이 황홀하리라.

물론 알고는 있다. 공중파 드라마의 베드신이란 건 침대에 누워 거사를 치르기 직전 이불을 푹 뒤집어쓰는 것으로 때우는 수준이란 것을. 키스신만도 못한 접촉이 있을 경우가 다반사였다.

하지만 그럼에도 민호는 상상만으로 몸이 달아오르지 않을 수 없었다. 그날만은 매너를 모르는 야성남이 되어도 괜찮을 것 같았다.

민호가 행복한 상상에 빠져 있을 동안, 서은하가 조수석에 올라탔다.

"어서 와요, 은하 씨."

"오래 기다렸어요?"

"네, 오래요."

삐진 듯한 민호의 표정에 서은하가 눈을 동그랗게 떴다. 민호가 고개를 다른 쪽으로 돌리며 툴툴거렸다.

"은하 씨 때문에 무척 심심한 상태로 기다렸고, 화도 나고, 이 기분을 풀기 위해 뭔가 필요한 것도 같고……."

민호가 보상을 바라는 눈으로 쳐다보자 서은하는 웃지 않을 수 없었다. 주차장에 누가 있나 주위를 살피던 서은하가 민호의 입에 쪽 입을 맞췄다.

"막상 운전한다고 생각하니까 막 떨리는 거 있죠?"

서은하의 말에 민호는 행복 모드에서 깨어나 잠시 뒤 닥쳐올 위기를 대비했다. 오늘 운전을 가르쳐 주다 다투기라도 해버리면 베드신의 환상이 실현될 가능성도 낮아지니까.

서울시 외곽.

운전석에 앉아 시트 위치를 조절하고, 사이드미러와 룸미러를 이리저리 확인해 보던 서은하는 조수석에 앉은 민호에게 고개를 돌렸다가 웃음이 터지고 말았다.

"민호 씨, 그건 뭐예요?"

레이서용 헬멧을 머리에 쓰고 있는 민호가 고개를 돌렸다.

민호는 최대한 붕붕이의 무감정 말투를 흉내 내며 말했다.

"절대 사고 날까 봐 쓰고 있는 거 아닙니다. 어제 스턴트 운전할 때 써봤더니 그냥 마음이 차분해진다고 해야 하나. 암튼, 은하 씨를 위해서 착용한 겁니다. 철저하게. 강사의 마인드로 가르쳐 드릴 테니 걱정 마세요."

"알았어요. 잘 부탁합니다, 강민호 강사님. 참, 이 차 이름이 붕붕이라고 했죠?"

"네."

"잘 부탁해요, 붕붕씨~"

서은하는 미소와 함께 차의 시동을 걸었다. 클러치와 브레이크를 밟고, 사이드 브레이크를 내리고, 2단으로 기어를 바꾸는 과정을 민호의 설명 없이도 깔끔히 해냈다.

"은하 씨, 수동에 꽤 능숙해 보여요."

"집에 있는 차도 수동이거든요. 연수받을 때 아빠한테 받았는데 아주 고생한 기억이 나네요. 이제 우리 어디로 가요?"

"잠깐만요."

민호는 라디오의 전원 버튼을 눌렀다.

—드라이버 시뮬레이터를 시작합니다. 대기하십시오. 새 정보를 업데이트 중입니다.

일련의 과정 뒤에, 민호는 당연히 붕붕이가 운전자의 실력을 까며 퉁명스러운 말을 던질 것으로 예상했다. 그리되면 붕붕이의 도움말을 최대한 여과해서 서은하에게 들려줄 생각이었다.

─업데이트 완료. '초심자' 옵션이 가동됐습니다.

"뭐라?"

"네? 뭐가요, 민호 씨?"

"아, 아니에요."

민호는 라디오를 쏘아보았다. 초심자라니. 자신이 처음 켰을 때는 전혀 언급이 없던 옵션이 왜 이제 와 나온단 말인가?

'사람 차별하냐!'

민호의 눈빛을 알아봤는지 붕붕이의 건조한 음성이 이어졌다.

─이 시뮬레이터는 드라이버의 잠재력에 따라 맞춤 수준으로 대응하는 기능이 있습니다. 운전자는 안전벨트를 확인한 뒤, 운전하기 편한 자세를 유지해 주세요.

'잠재력은 개뿔. 말투까지 친절하잖아, 너!'

아무리 생각해도 당했다는 느낌이 강했지만, 민호는 서은하를 위해 울분을 꾹 누르며 말했다.

"은하 씨, 반 클러치 알죠? 서서히 떼면서 액셀 밟아 봐요. 초보 운전자와 숙련된 운전자의 차이는 출발할 때 얼마나 도로 흐름에 맞춰 가속하는지에 갈린다네요."

"해볼게요."

서은하는 정면을 바라본 채, 차를 출발시켰다. 차체가 꿀렁였으나 이내 서서히 앞으로 움직이기 시작했다.

누가 봐도 미숙한 출발.

—클러치를 적당히 떼고 속으로 3초 정도 센 뒤에 액셀을 밟으면 부드럽게 전진할 수 있습니다.

'너무 친절한 거 아니야?'

민호는 속으로 고개를 저으며 서은하에게 그대로 전해 주었다.

"그리고 기어 변속은 계기판 보면서 할 필요 없어요. 엔진이 웅하고 힘에 부친다 싶으면 하나 위로. 몸으로 느껴야 편해요. 시야는 전방 위주로. 항상 멀리 보고 운전해야 돌발 상황에 대비할 수 있어요."

"우와, 민호 씨 진짜 운전학원 강사 같아요."

"강사보다 더 강사 같은 친구한테 운전을 배웠거든요."

민호는 라디오를 쏘아보며 '사람 차별하는 치사한 자식' 하고 작게 중얼거렸다.

서은하는 차가 많이 다니지 않는 외곽 도로를 순환하며 서서히 사라졌던 운전감을 되살리기 시작했다.

민호는 출발이 미숙하다 뿐이지 핸들을 돌리는 것이나 기어를 변속하는 것이 딱 각이 잡혀 있는 것을 보고, 그녀의 아버지 서철중이 철저하게 가르쳤다는 것을 깨달았다.

'그러고 보니 은하 씨 유도도 유단자였지? 테니스도 꽤 하고.'

핸들을 붙잡고 있는 저 가녀린 팔만으로는 쉬이 상상이 가지 않는 운동신경을 보유하고 있는 그녀는 가만 보면 능력자였다.

남자처럼 강하게 키울 목적이었는지, 무작정 접근하는 남자를 쫓아 버리기 위함인지는 모르지만 서철중의 딸 사랑 교육 방식은 확실히 효과가 있어 보였다.

다섯 개의 차선이 만나는 교차로에 차가 멈췄다.

"민호 씨. 저 앞에 신호 위치가 우리 건지 옆에 건지 헷갈려요. 이럴 때는 어떻게 해요?"

서은하의 물음에 민호는 전방의 신호등을 살폈다. 확실히 도로가 비스듬히 나 있는 곳이라 신호등 위치가 애매했다.

"앞차 움직이면 적당히 따라가요."

"제가 맨 앞에 있으면요?"

"그건……."

신호를 잘 보는 수밖에 없으나 저건 자신이 봐도 헷갈렸다.

－뒤에서 '빵빵' 하면 그때 움직이면 됩니다. 운전자 대다수는 빨리빨리에 익숙해서 신호 반응보다 먼저 화를 냅니다.

　초심자를 위한 생활밀착형 팁까지 말하는 붕붕이에 민호의 시선은 라디오에 고정됐다.

　'이렇게까지 친절하기냐?'

　－이곳은 차량 통행이 적고, 도로 상태가 좋아 실제 프로 레이서들도 자주 찾아오는 와인딩 코스입니다.

　30분간의 도시 주행 연수가 끝나고, 이번에는 좀 더 속도를 올려 달릴 수 있는 붕붕이의 추천 코스로 이동했다.

　"길이 꼬불꼬불하네요."

　"여우고개라고, 코너 도는 운전 연습하기 좋은 코스래요. 야간 주행이니까 속도는 60 이상 올리지 마요."

　"네, 강사님."

　붕붕이의 예상을 벗어난 친절옵션 덕분에 민호는 헬멧을 벗고 맘 편히 서은하의 운전을 감상 중이었다. 예전에 익혔던 주행감을 거의 다 되찾은 서은하는 기어 변속 중에 가끔 툭 걸리는 느낌을 제외하면 별다른 얘기를 하지 않아도 될 정도로 운전을 제대로 해내는 중이었다.

　"잘하네요, 은하 씨. 기본적인 건 제가 더 가르쳐 줄 게 없겠어요."

"정말요? 나중에 저도 민호 씨처럼 차로 막 점프하고 그런 거 할 수 있을까요?"

"은하 씨도 영상 봤어요?"

"그럼요. 홍 작가님이 영화 제작 발표 날과 드라마 방영 날짜가 안 겹쳐서 다행이라고 하신걸요."

붕붕이도 더 이상 팁을 말하지 않고 잠잠하다 보니 이야기는 자연스레 운전이 아닌 일상의 대화 주제로 넘어가게 됐다.

"이번 드라마 마치고, 겨울 방학시즌이 되면 NGO 활동을 할 생각이에요."

"생활이 어려운 나라에 가서 사람들 돕는 일 말이죠?"

"네."

꿈이 외교관인 그녀기에 재학 중에 해외 활동은 필수라는 말이 이어졌다. 민호는 곰곰이 생각하다 물었다.

"그거 아무나 다 갈 수 있는 건가요?"

"왜요, 민호 씨도 같이 가게요?"

"은하 씨를 그 먼 외국 땅으로 혼자 보낼 수야 없죠. 스케줄 조정해서라도 꼭 따라갈게요."

"인지도 있는 배우들도 자주 참여하고 그러니까 아마……."

부아앙!

뒤에서부터 굉음을 내며 접근하는 차가 있었기에 잠시 대화가 멈췄다. 추월하려는지 속도를 바짝 올리는 뒤차에 민호는 눈살을 찌푸리면서 말했다.

"저 코너만 돌고 속도를 줄여줘요. 곧 추월 차선 있는 2차선으로 바뀌니까."

"알겠…… 어머!"

부웅—!

다가온 차가 속도를 더 올리더니 코너에서 확 치고 나가 서은하가 운전 중이던 차를 지나쳤다. 코너링 자체는 매끄러웠으나 레이싱 서킷에서나 시도할 법한 운전이었다.

"차를 위험하게 모네."

갑작스레 질주하는 차의 등장에 서은하가 놀란 얼굴이 됐다. 추월한 차가 저 앞으로 사라졌음에도 놀란 기색이 사라지지 않은 서은하에게 민호가 말했다.

"침착해요. 안전거리만 잘 유지하고 규정 속도로 운전하면……."

부아아아앙.

다시 뒤편에서 우렁찬 엔진음 소리가 들려왔다. 룸미러를 본 민호는 신음을 삼켜야 했다. 차량 두 대가 줄지어 속도를 올려 차 뒤에 바짝 붙은 것이다.

민호는 2차선으로 증가한 도로 오른편을 가리켰다.

"은하 씨, 깜빡이 켜고 오른쪽으로 붙어요. 저 사람들 지나가게."

"네."

─후방 주의.

붕붕이의 경고에 민호의 시선이 룸미러를 훑었다. 속도를 올린 차 두 대가 양옆으로 치고 나온 까닭에 서은하가 가려던 진로도 막혀 버렸다.

"은하 씨."

민호가 급히 핸들에 손을 올려 차선을 유지했다.

부우우웅─!

차 두 대가 양옆에서 스치듯 지나갔다. 추월하며 경적을 빵빵 울려대는 것이 이쪽을 무시하는 제스처까지 취했다.

'이 자식들이.'

과격한 운전에 절로 화가 치밀어 오르는 상황. 속으로는 '탐색기'니 '이런 신발'이니 여러 번 중얼거린 민호였으나 그녀 앞이었기에 꾹꾹 참았다.

민호는 서은하를 안정시키기 위해 말했다.

"운전하다 보면 저런 사람들이 있어요. 신경 쓰면 괜히 기분만 상해요."

"휴……."

속도를 줄이고 차를 갓길에 정차한 서은하가 가슴을 쓸어

내리며 말했다.

"우리 조금만 쉬어요. 긴장했더니 발이 뻐근하네요."

"그럼 제가 휴게소까지 운전할까요?"

서은하가 고개를 끄덕였다.

민호가 차에서 내려 운전석에 앉았다. 그리고 조수석에 올라타는 서은하를 돌아보았다.

"은하 씨는 괜찮은 거죠?"

"괜찮아요. 아빠 차 타고 등교하다 갑자기 용의자를 발견해서 이보다 더 위험한 상황도 겪어 봤는걸요."

그래도 걱정하는 눈길이 가시지 않은 민호에게 서은하가 좌석 뒤의 짐칸에 있던 헬멧을 들어 보였다.

"이거 쓰면 마음이 그렇게 편해진다면서요?"

"누가 그래요? 그거보다 확실한 방법이 있는데."

뺨을 가리켜 보이는 민호에게 서은하가 픽 웃으며 입술을 가까이 가져갔다.

그 순간.

부아앙!

다시 한 대가 등장했다. 이번에는 정차 중이었기에 고개를 돌리기도 전에 질주해서 사라졌다.

─앞선 차량과 마찬가지로 서킷을 달리는 용도로 개조된 엔진을 사용 중입니다.

'서킷?'

민호가 운전석에 앉자 붕붕이의 톤이 달라졌다.

─일부 레이서 중에는 주행 실력을 과시하기 위해 일반인을 무시하고 함부로 달리는 이들이 있습니다. 목숨을 담보로 스릴만 즐기는 '쓰레기'들은 철저한 교육이 필요합니다.

좀처럼 감정을 드러내지 않는 붕붕이의 과격한 발언.

잘못 들었나 싶어 라디오 쪽에 시선을 돌린 민호는 움찔하고 말았다. 전원부에 평소의 초록빛이 아닌 강렬한 붉은빛이 들어와 있던 것이다.

분노했다는 것이 확연히 느껴지는 붕붕이의 모습에 민호는 당황했다. 유품의 영향 때문인지 민호 자신의 속도 부글부글 끓어오르기 시작했다.

"은하 씨, 벨트 단단히 매요."

"네?"

"헬멧 쓰고. 지금부터 10분은 웬만하면 눈 감고 있어요."

민호의 눈빛은 라디오의 전원부에서 뿜어져 나오는 강렬한 기색과 닮아 있었다.

민호는 산중턱, 고갯길을 힌창 오르는 중인 차량 네 대의 불빛에 시선이 머물렀다.

철컥. 붕─ 부웅─!

54.
매드 BB (4)

"선배님, 이렇게 느긋해도 되는 겁니까? 다들 두 코너는 앞서 갔습니다."

조수석에 탑승하고 있던 백현기는 여유를 부리며 주행 중인 드라이버, 홍사욱을 바라보았다. 홍사욱은 콧노래를 부르며 '아웃-인-아웃'의 전형적인 라인을 따라 코너를 돌아 나왔다.

"현기야. 그렇게 열 내지 않아도 다 따라잡게 되어 있어. 쟤들은 새가슴이라 다운 공략을 치열하게 안 하거든. 나중에 확 치고 나가면 돼."

화끈한 주행을 기대하고 간만에 선배의 차를 얻어 탄 백현기로서는 아쉬울 따름이었다.

홍사욱이 누구던가. 오프로드를 달리는 KRC와 서킷을 달리는 KSF 양쪽에서 활약하는 실력파 레이서이자 팀 '엔스타'의 수장 아닌가. 그런 그가 6,000㏄의 차를 타고 꽁무니 주행이라니.

"그냥 화끈하게 제쳐 버려요. 레이스 끝나면 오디션 합격 기념으로 한턱 크게 낼 테니까."

"왜 이리 욕구불만이야. 너 평소에도 몸 사리며 운전하는 스타일이잖아."

"어제 어떤 놈 만나고 나니까 생각이 바뀌더군요."

"어떤 놈?"

백현기는 차를 세로로 몰질 않나, 드리프트를 해대질 않나, 오디션 내내 괴상한 주행으로 자신을 괴롭혔던 강민호를 떠올렸다.

"카 스턴트 찍은 놈 있잖아요."

"아, 그 동영상? 잠깐 봤는데 잘하긴 하더라."

막 코너를 돌아나간 홍사욱이 웃으며 말했다.

"오늘따라 내 차를 타겠다 우기더니 우리 후배님이 열불이 나셔서 그랬구나."

"카 스턴트에서는 레이싱 주행이 소용없더라고요. 그놈처럼 화려한 스킬을 연마했어야 하는 건데."

대화 도중, 홍사욱은 룸미러에 쌍라이트의 불빛이 비추는 것을 발견했다.

"뭐지?"

뜻밖의 접근이었다. 아무리 속도를 조절하며 달리고 있다지만 뒤에 누군가가 따라 붙을 줄이야.

백현기도 사이드미러에 눈을 돌렸다. 어둠 속에 보이는 둥근 헤드라이트의 형태가 어디서 본 것 같은 느낌이 들어 좀 더 눈을 부릅뜨고 살펴보았다.

추월 차선이 거의 끝나는 지점.

다음 코너링을 위해 바깥쪽 라인을 파고들던 홍사욱은 엔진의 굉음이 가까이에서 들리는 것을 느끼고 고개를 휙 돌렸다.

"벌써 따라왔다고?"

정면은 60도 각도로 돌아가는 급코너였다. 도로 밖으로 밀려 나갈 것만 같은 가속으로 코너에 돌입하는 옆 차를 본 홍사욱이 흠칫해 중얼거렸다.

"브레이크를 안 밟고 있잖아. 자살할 셈이야? 멈춰!"

끼이이이익!

말이 끝나기 무섭게 하중을 이동하며 드리프트에 돌입한 옆 차량은 간단히 홍사욱의 차를 추월해 저 앞으로 빠져나갔다.

"이 좁은 라인에서 드리프트라니. 누구야 쟤?"

"선배! 저거⋯⋯."

클래식카의 몸체가 불빛에 드러났다 사라졌다. 백현기는 오늘 내내 부러워했던 스턴트 영상 속의 그 차임을 깨닫고 다급히 손가락질했다.

"강민호예요!"

쿠오오오오!

코너를 미끄러지듯 빠져나오자마자 단박에 풀가속을 해서 치고 나가는 붕붕이의 차체가 RPM의 급격한 증가로 부르르 떨려왔다.

서은하는 갑자기 분위기가 변해 버린 민호를 놀란 눈길로 쳐다보았다. 항상 부드러운 웃음기를 입에 달고 있던 그가 표정이 잔뜩 굳은 채로 운전하고 있었다.

무언가에 열중하면 호기심 가득한 어린아이 같은 눈이 되었던 것에 비해, 지금은 진지하다 못해 어딘지 무섭기까지 했다. 마치 용의자를 추격하기 위해 사력을 다하던 아버지, 서철중의 운전을 보고 있는 듯했다.

"은하 씨, 그러지 말고 눈 감아요."

정면에 시선을 집중한 채로 민호가 말을 건네왔다. 서은하는 쓰고 있던 헬멧을 퉁 치며 말했다.

"저 사람들 다 따라잡으려는 거잖아요. 아직은 지켜볼

만……."

그렇게 대답하며 앞으로 고개를 돌린 서은하는 짧은 비명을 흘리고 말았다. 전방의 가드레일을 들이받을 듯 차가 코너에 돌입한 것이다.

급작스러운 하중 이동에서 오는 좌우의 쏠림 현상은 어느 정도 버틸 수 있다 해도, 그것을 고스란히 두 눈으로 보게 되는 시각적인 충격은 그 어느 4D영화에 비할 바가 아니었다.

"으, 끝나면 말해줘요."

서은하는 눈을 질끈 감고 안전벨트를 두 손으로 꼭 쥐었다.

"은하 씨."

"네?"

"그리고 저 혼잣말을 중얼거려도 이상하게 생각하지 마요. 운전에 집중하느라 그런 거니까."

서은하의 헬멧이 아래위로 움직이는 것을 감으로 느낀 민호는 곧바로 붕붕이에게 물었다.

"다음 추월 포인트는?"

―추월차선이 시작되는 좌우 연속 코너. 한계속도까지 브레이킹을 늦추십시오.

민호는 계기판에 흘끔 시선을 두었다. 짧은 직선도로를 달리는데 벌써 속도가 한참이나 치솟아 올랐다. 그러나 일류 레이서의 동체시력을 갖게 하는 붕붕이의 능력 덕분에 그다지 빠르다고 느껴지진 않았다.

─전방 350미터.

두 번째 추월해야 할 차량이 저 멀리 시야에 들어왔다. 직선주로에서는 거리가 좁혀지지 않았으나 코너를 지날 때마다 상대의 뒷모습이 점점 커졌다.

─300마력. GT 클래스 출전급의 차량입니다.

3,000cc, 200마력에 불과한 붕붕이와 비교하면 1.5배의 출력을 가진 차였다. 오로지 드라이빙 스킬 하나로 모든 차를 추월해 버리는 것이 현재 붕붕이가 가진 분노의 탈출구였다.

'박 팀장님의 목보호구를 찼을 때보다 차가 잘 움직이는 느낌이야.'

감정을 공유 중이기 때문인지, 붕붕이의 본래 능력에 더해 박철이 가졌던 드라이빙 스킬까지 고스란히 쓸 수 있었다.

─100미터. 50미터. 10미터.

붕붕이가 뒤를 바짝 따라붙자 앞서 달리는 상대의 당황이 느껴졌다. 직선주로가 거의 없는 오르막길이 이어지자 거의 접촉할 듯 다가섰다.

좌우 연속코너 돌입 직전, 상대가 주행라인을 막는 방어운전을 시작했다.

─지금입니다.

"오케이."

'철컥' 하는 소리가 날 만큼 빠르고 강한 기어 시프트다운, 액셀을 밟고 있는 오른발이 아닌 왼발을 움직여 브레이킹.

붕붕이가 따로 조언하지 않았음에도 몸이 주행에 적합한 기술에 맞춤 반응했다.

끼이이이—!

일부러 과도하게 미끄러지며 안쪽을 파고드는 움직임에 허를 찔린 상대방의 앞으로 붕붕이가 치고 나갔다. 연속 코너를 지나 바로 액셀을 밟으며 달리자 뒤차는 이내 더욱 멀어져 버렸다.

'두 대 남았나?'

—후방 주의. 차량 접근 중. 처음 추월한 상대입니다.

민호의 시선이 룸미러를 훑었다.

—엔진토크를 최대로 올려 가속하고 있습니다. 슈퍼 6000에 출전할 급의 최상급 차량입니다.

"아까는 일부러 여유 있게 달리고 있었다 이건가?"

—주행라인만 방어하십시오. 지금부터 내리막길이 시작됩니다.

슈퍼 6000급 차량이 직선주로에서 뒤까지 바짝 따라붙었다.

—전방 500미터.

세 번째 차량이 어느새 시야에 잡혔다. 민호는 뒤에 차 한 대를 단 채로 다운힐에 돌입했다.

"워……."

홍사욱은 모든 코너를 초고속으로 빠져나가고 있는 전방의 클래식카를 보며 충격을 받은 기색을 감추지 못했다. 큰 반원을 그리는 코너에서는 드리프트를 고집하지 않고, '아웃-인-아웃'의 칼 같은 주행라인을 지키기까지 하고 있었다.

"내가 못 치고 나가게 방어 운전하고 있어. 저건 레이서야. 안에 타고 있는 거 정말 강민호 맞아?"

백현기가 고개를 끄덕였다.

"분명해요. 저렇게 생긴 차 국내에 몇 대 없잖아요."

"아무래도 저건 미쳤잖아."

"미쳐요?"

"미친 듯이 잘한다고. 이륜을 사륜처럼 미끄러트리고 있잖아."

아무리 바퀴로 굴러간다 해도 1톤이 넘는 머신이다. 이것을 손발처럼 다룰 수 있는 레이서는 흔치 않다. 홍사욱은 똑같은 속도로 코너에 돌입해도 자신보다 빠르게 치고 나가는 상대의 기술에 감탄하지 않을 수 없었다. 출력 차이가 극과

극인 차량이 박빙의 레이싱을 펼칠 수 있는 이유는 오로지 저 미친 코너링 때문이었다.

"저 사람, 스트리트 주행과 서킷 주행의 장점을 두루 알고 있어."

"강민호가요?"

홍사욱은 고개를 끄덕였다.

"보통 코너를 돌기 전에, 기어를 바꿔 가속할지 브레이킹을 안정적으로 해 속도를 줄여야 할지 판단을 내리는 지점이 있어. 이것에 따라 아마추어와 프로의 실력이 갈리지. 그런데 저 사람은 그게 끝내줘. 이 고갯길 수백 번은 달린 것처럼 모든 코너를 최적으로 공략하고 있어."

코너에 돌입하느라 잠시 홍사욱의 말이 멈췄다. 앞선 차가 추월해 버린 차를 똑같이 추월한 홍사욱이 말을 이었다.

"이런 실력을 갖춘 사람 내가 알기에는 국내에 한 명뿐인데."

"누구요?"

"레이서 박철."

나스카에 도전하려는 생각을 품고 있는 홍사욱에게 이 이름이 주는 존재감은 상당했다.

"근데 오래전에 죽었어. 다른 나라 레이서가 나들이라도 왔나?"

"강민호라니까요. 어제 저 차 지나가는 거 봤어요."

백현기는 화끈해진 홍사욱의 주행에 스트레스를 날려 버려야 할 이 시기에 강민호의 칭찬만 줄곧 듣게 되니 기분이 더 꿀꿀해져 버렸다.

"저놈 확 못 제쳐요? 팀 차들 다 추월해 버렸네. 어어? 선배도 거리가 더 벌어졌잖아요."

"기다려 봐. 좀 있으면 직진 차선 나오니까."

약 400미터가량의 직선주로가 나타났다. 홍사욱은 재빨리 차선을 변경해 가속하며 말했다.

"오늘 내기는 완전 황 됐다. 한 명한테 '엔스타'가 제대로 발렸어."

배기량으로 승부를 봐야 한다는 것이 자존심이 상할 법했으나, 앞서 달리는 저 차의 운전자는 함께 레이스를 펼쳤다는 것이 오히려 영광인 수준의 실력자였다.

홍사욱은 도전한다는 마음으로 액셀을 밟았다.

부아아아아―!

6,000㏄의 배기량답게 순식간에 벌어진 거리를 회복해 갔다. 그렇게 앞선 차에 접근하던 그 순간.

키아아앙!

전방을 비춰야 할 클래식카의 둥근 헤드라이트 불빛이 갑작스레 뒤를 향했다. 달리던 도중 턴을 해 그대로 후진으로 달리는 스턴트 기술이 발휘되자 홍사욱은 눈이 휘둥그레져 속도를 줄였다.

클래식카가 다시 턴을 해 앞으로 방향을 돌렸다. 상대의 기행에 추월 타이밍이 어긋난 채로 코너에 돌입해 버렸다.

"이런. 졌네."

홍사욱의 선언에 백현기는 클래식카를 손가락질했다.

"저 봐요, 저거! 강민호가 어제 저한테도 비슷한 짓을 했다니까요!"

여우고개를 내려와 4차선의 교차로에 진입했다. 비상등을 깜박이던 클래식카가 갓길 쪽으로 속도를 서서히 줄여 정차했다.

"후우……."

민호는 깊은 한숨을 내쉰 뒤에 라디오 쪽의 불빛을 살폈다. 분노가 적당히 가라앉은 듯 붉어졌던 불빛이 주황빛이 되어 있었다.

"끝났어요?"

"네. 고생했어요, 은하 씨."

서은하가 지긋이 눈을 뜨고 주위를 살폈다.

민호는 자신을 따라 멈춰선 뒤편의 차량에 시선을 던졌다. 붕붕이를 길들일 때 꾸었던 꿈속에서의 박철은 안전운전을 하지 않은 스턴트 동료에게 달려가 멱살을 붙잡고 훈계를 했었다.

"기다려 봐요, 얘기 좀 하고 올 테니."

"민호 씨, 싸우려는 건 아니죠?"

"아니에요."

현실에서는 다짜고짜 멱살부터 붙잡으면 합의금 걱정을 해야 하기에 민호는 벨트를 풀고 문을 열며 심호흡을 더 했다. 밖으로 나가자 붕붕이에게 영향을 받았던 감정이 거의 다 희석되어 사라져 가는 것이 느껴졌다.

끝까지 경합을 벌였던 운전자가 내려서자마자 민호에게 인사해 왔다.

"강민호 씨 맞나요?"

민호는 동영상에 나온 차를 알아봤나 싶어 고개를 끄덕였다. 서른 후반으로 보이는 상대가 손을 내밀었다.

"마지막까지 할 말을 잃게 만드시네요. 저는 레이싱 팀 '엔스타'의 홍사욱이라고 합니다."

엉겁결에 악수를 한 민호는 홍사욱에게 붕붕이가 전해주려 했던 말을 떠올렸다.

ー운전 똑바로 안 하냐? 레이서면 레이서답게 서킷에서 죽도록 달리라고!

어느 정도 걸러서 입을 열었다.

"레이스는 일반도로가 아니라 전문 경기장에서 하시는 편이 어떨……."

끼이익!

뒤늦게 여우고개를 내려온 차량 한 대가 정차했다. 운전석이 벌컥 열리며 레이싱 슈트를 입은 젊은 사내가 튀어나왔다.

"사욱 선배! 웬 놈이 헤어핀 코너에서 기가 차는 드리프트를 치는 거 있죠? 속도도 거의 안 줄이고 아주 정신 나갔다니까요."

사내는 그러다 그 정신 나간 놈의 차가 앞에 있는 것을 발견하고 꿀 먹은 벙어리가 되어 버렸다. 홍사욱은 팀의 후배이자 고갯길 레이스 내기를 제안했던 젊은 사내에게 말했다.

"네가 본 건 고속 드리프트다. 보통 훈련으로는 흉내도 못내는 기술이지. 강민호 씨랑 얘기 좀 해야 하니까 뒤따라오는 애들 끌고 먼저 가."

"네, 선배님."

홍사욱이 민호에게 말했다.

"민호 씨, 진지하게 얘기 좀 하고 싶은데……."

"제가 그럴 시간이 없어서요."

"아쉽네요. 같이 온 현기가 마침 민호 씨랑 안면이 있다니까 나중에라도 꼭 뵀으면 해요."

'현기가 누구지?'라는 눈길로 홍사욱이 타고 있던 차량을 본 민호는 아무도 없는 것을 보고 고개를 갸웃했다.

"송도 서킷에 저희 팀 정비소가 있으니 시간 날 때 언제든 방문해 주세요."

홍사욱과 민호가 대화를 나누는 사이, 민호와 마주치기 싫어 조수석 아래로 급히 몸을 숨긴 백현기는 "어휴, 기분 풀러 왔다가 이게 뭐냐고!" 하고 한탄하며 고개를 흔들었다.

상황이 끝나고, 도로 옆의 편의점에 차를 주차시킨 민호는 정상으로 돌아온 라디오의 불빛을 확인한 후에 고개를 푹 숙였다.

"……미안해요, 은하 씨."

서은하가 고운 눈을 치켜뜨며 말했다.

"누가 그러던데. 운전하다 보면 저런 사람들 있으니 신경 쓰지 말라고."

"그, 그게요……."

붕붕이 때문에 눈이 뒤집혔던 것을 어찌 설명할 길이 없어 민호는 헛기침만 했다.

"다시 민호 씨로 돌아왔으니 됐어요. 그럼, 돌아가 볼까요?"

서은하의 쿨한 정리에 민호는 입을 벌렸다.

"화 안 내요?"

"화를 왜 내요? 민호 씨가 생각이 있어서 행동한 거였잖아
요. 발목 괜찮아졌으니 서울까지 제가 운전할게요."

서은하가 운전대를 잡았다. 민호는 조수석에 앉아 시동을
걸고 차를 출발시키는 그녀를 가만히 지켜보았다.

이렇게 이해심 많은 여인이라면 한평생 같이 산다고 해도
구박받을 일이 전혀 없을 것이라는 생각이 들자 갑자기 그녀
가 더더욱 좋아지는 민호였다.

"뭘 그렇게 뚫어지게 봐요? 저 지금 운전 잘 못하고 있
어요?"

"아니요. 그냥 예뻐서요."

"그렇게 돌려 말해도 운전 중에는 그거 못해줘요."

서은하가 단호히 고개를 저었다.

"제가 하면 되죠."

"아이, 간지러워요. 그만, 그만."

—소음공해가 예상됨으로 시뮬레이터를 종료하고 라디오
노드에 들어갑니다.

치익.

—FM데이트, 달이 빛나는 밤에~ 다음 곡은 '나를 슬프게
하는 사람들'입니다.

연수를 끝마치고 서은하의 집으로 향하는 길.

민호는 쭉 뻗은 교차로에 신호를 받아 정차하며 서은하에게 고개를 돌렸다.

고된 드라마 촬영에 이어 몇 시간에 걸친 운전연습까지. 피곤했던지 꾸벅꾸벅 졸고 있었다.

―후방 주의.

신호가 바뀌기를 기다리고 있는데 붕붕이로부터 경고가 날아들었다.

"또?"

고개를 들어 룸미러를 보니 이번에는 LED를 잔뜩 달고 있는 125cc 오토바이가 빠른 속도로 접근 중이었다. 다행히 신호를 무시하지는 않고, 민호의 옆쪽에서 속도를 줄였다.

"헬멧하고 보호구도 제대로 착용했고. 급정지만 했다 뿐이지 그다지 열 받는 상황은 아니지?"

민호는 조심스럽게 물었다. 요즘은 애장품이나 유품의 감정에 휘둘린다 해도 어느 정도 자제가 가능했으나 붕붕이의 분노에는 화를 참을 수가 없었다.

'이상하긴 했어.'

붕붕이는 대답이 없었다. 긍정의 의미라는 생각에 안심하고 있는데, 오토바이 운전자가 민호 쪽으로 고개를 돌렸다가 헬멧 덮개를 열고 소리쳤다.

"강민호다!"

오토바이 운전자의 얼굴은 무척 앳돼 보였다.

"민호 형! 여기 좀 보세요! 민호 형, 민호 형!"

고등학생 정도 되어 보이는 나이의 팬이 소란스럽게 떠들자 행여 서은하가 깰까 싶어 민호는 얼른 창문을 내렸다.

"왜? 왜?"

"우와, 강민호를 직접 보다니. 저 민호 형 팬타스톰 첫 우승 했을 때부터 팬이에요. 플레이보고 엄청 따라 했어요."

언제 적 펜타스톰인지 가물가물할 지경이었으나 어쨌든 팬이기에 민호는 요즘 근황을 말해 주었다.

"나 펜타스톰은 이제 코치만 해. 이택용이나 김윤열로 갈아타. 걔네가 다음 시즌 우승 후보야."

신호가 초록색으로 바뀌었다. 차를 출발시키는데 오토바이가 계속 따라붙었다.

"민호 혀엉—!"

"그만하고 집에 가."

민호는 혀를 차며 창문을 도로 올렸다. 그러나 다음 교차로에서 신호가 걸려 또 멈춰 서고 말았다. 어느새 옆으로 다가와 창문을 똑똑 두드리는 고딩팬에게 민호가 손을 휘저었다.

"가 인마!"

"저랑 펜타스톰 한 판만 해줘요."

다행히 깊게 잠든 서은하가 깨진 않았기에 민호는 한숨을 쉬며 말했다.

"아이디 뭔데? 베틀넷 친추 걸어놔. 나중에 한판 해줄게."

"진짜요?"

"속고만 살았나."

"ssamjjang입니다!"

"기억했으니 이제 가라."

신호가 바뀌었다. 민호는 기어변속을 하고 RPM을 빠르게 올려 아예 따라올 엄두를 못 내도록 가속했다.

"민호 형이 내 아이디를 기억하셨어―!"

125cc의 출력으로 열심히 밟고는 있으나 결국 뒤처진 오토바이를 보며 민호는 고개를 절래 흔들었다.

강변 행사장에서의 일도 그렇고, 이젠 정말 매니저를 동반해 몰래 다니지 않으면 거리 돌아다니기도 어려운 느낌이었다.

10여 분 뒤.

"은하 씨, 다 왔어요."

"우음."

서은하가 고개를 들었다. 그녀는 익숙한 거리와 대문을 확인하고 민호에게 고개를 돌렸다.

"오늘 고마웠어요, 민호 씨."

"들어가서 푹 쉬어요."

안전벨트를 푸는 서은하를 보며 민호가 목소리를 낮춰 중얼거렸다.

"그렇다고 그냥 들어가진 않겠지. 암. 누구 애인인데. 적어도 일주일 못 볼 동안 버틸 만큼의 뽀뽀는 해주고 가겠지."

"알았어요, 알았어."

서은하와 작별인사를 나누려던 그때. 민호는 대문 앞에 드리운 그림자를 감지하고 눈을 감고 다가오는 서은하의 뺨을 붙잡았다.

"은하 씨, 뒤에요."

민호는 아무 일도 없었다는 듯 운전대를 잡으며 소리쳤다.

"은하 씨를 무사히 바래다줬으니 이제 출발하겠습니다!"

대문에 서 있던 서철중이 민호 쪽으로 시선을 돌렸다. 민호는 등줄기에서 식은땀이 흘러내리는 것을 느끼며 고개를 돌려 인사했다.

"어이쿠! 나와 계셨군요, 반장님. 안녕하십니까!"

서은하가 민호의 행동에 풋 웃으며 차 밖으로 나왔다.

"아빠, 또 이렇게 늦게까지 기다리고 계셨어요?"

"지난번에 누구 딸이 외박해서 말이야."

"아이참, 바빠서 홍 작가님 집에서 잔 거라고 했잖아요."

민호가 그 틈을 비집고 말했다.

"반장님! 저는 이만 가보겠습니다."

"정지."

막 기어를 변속하려던 민호의 손이 그대로 굳어졌다.

"어이, 민호 군. 우리 은하 쉬는 날이라고 그새 채가서 데이트를 즐기고 온 건가?"

"우, 운전연수를 했습니다. 절대 데이트를 즐겼다거나……."

"됐고, 내려봐."

민호가 움찔해서 되물었다.

"내리라니요?"

"뭘 그리 놀라나? 사건 하나 해결해서 수사 2반 전체 회식 중이거든. 근데 다들 술에 취해서 고기를 구울 사람이 없어. 굽고, 한 점 먹고 가."

민호는 그제야 대문 너머로 흰 연기가 솔솔 피어오르고 있는 것을 발견했다. 고기 굽는 거야 서은하가 해도 됐기에 민호는 저것이 핑계일 뿐, 같이 먹고 가라는 은근한 권유임을 깨달았다.

이러니저러니 해도 서철중이 일전에 내려준 파리 임무는 성공적으로 끝마쳤기에—서은하와의 일을 들키면 큰일 나겠지만—좋은 관계를 유지할 수 있는 찬스라는 생각이 들었다.

"알겠습니다! 열심히 구워 보겠습니다!"

씩씩하게 대답한 민호가 시동을 끄고 차에서 내렸다.

지글지글.

바비큐 판 위에서 침샘을 자극하는 향을 풍기고 있는 목살이 한 번 뒤집혔다.

앞뒤로 잘 익었음을 확인한 민호는 가위를 들어 먹기 좋게 착착 잘라 접시 위에 올렸다.

"여기요, 은하 씨."

"민호 씨도 들어요."

"이것만 굽고요."

서은하가 고기를 들고 가자 간이 테이블 쪽에서 환호성이 터져 나왔다.

민호는 새 고기를 불판에 올리며 둘러 앉아 있는 강북경찰서 수시 2빈의 형사들에게 시선이 머물렀다.

어깨 좋은 형님들 다섯.

테니스 경기를 했던 임경환 경장을 제외하면 다들 처음 보는 얼굴이었다. 격투, 운동을 좀 한다는 형사들이라는 건 체격 좋은 임 경장이 왜소해 보이는 것으로 충분히 예상 가능했다.

'저 사람들 전부 은하 씨가 어릴 때부터 삼촌처럼 따르던 분들이란 말이지?'

서은하와 돈독한 관계를 유지하려면 잘 보여야 할 상대가 한둘이 아니었다. 일단은 고기부터 맛있게 굽는 것이 우선.

민호는 고기 위에 소금을 솔솔 뿌리다 집에서 술병을 들고 나오는 서철중과 눈이 마주쳤다.

"자네 술은 좀 하나?"

"잘 못합니다."

"쯧쯧. 사내가 그래서야 쓰나."

고기를 배달하고 되돌아온 서은하가 서철중에게 말했다.

"아빠, 민호 씨 운전해서 가야 해. 술 권하지 마."

"대리 부르면 되지."

"민호 씨 내일 촬영 있어서 안 돼. 그만하고 가. 윤 경사님 술 떨어졌다고 노래 부르고 계셔."

서철중은 땀을 뻘뻘 흘리며 고기를 굽는 민호를 한차례 훑어보고 말없이 간이 테이블로 걸어갔다.

30분 뒤.

민호는 어깨형사들 틈에서 강제 어깨동무를 한 채로 고기를 먹는 둥 마는 둥 긴장에 휩싸여 있었다. 민호의 등을 툭 때린 윤정만 경사가 말했다.

"사내가 이렇게 비리비리해서야. 어디 우리 은하 짝이 될 수 있겠어?"

윤 경사가 담배를 하나 입에 물었다.

"한 대 피겠나?"

"담배는 못 피웁니다."

"술도 못해. 담배도 안 펴. 완전 숙맥이구만."

민호를 놀리는 윤 경사에게 서은하가 다가왔다.

"정만 아저씨."

"어, 은하야."

약간 얼굴이 발그레해져 있는 서은하가 윤 경사의 손을 붙잡으며 말했다.

"건강 생각해서 담배 줄이셔야 합니다. 지난번보다 피부가 확 상하셨어요. 아빠가 윤 경사님 골골거리면 다른 부서로 전출시켜 버리겠다는 말을 자주 하십니다."

이 말에 임 경장이 맞장구쳤다.

"캬. 은하가 고급 정보를 말해 주는구만요. 서철승 반장님, 체력 떨어지는 팀원 그냥 짤라 버리고도 남을 분입니다. 은하 말 들어요. 수진이 올해 7살이죠? 시집보낼 때까지는 버티셔야죠."

서은하의 시선이 임 경장을 향했다.

"임 경장님."

"응?"

"집에 들어가기 싫어 야근한다고 얘기하고 술 드신 거 언니가 다 알았습니다."

"크흐흐. 경환아. 너 이번 보너스 몰래 먹긴 글렀다."

껄껄 웃는 박문호 경사에게도 서은하의 음성이 이어졌다.

"박 경사님. 요즘도 퇴근하면 사행성 게임장에서 시간 보내고 그러신다고 들었습니다. 월급 다 날리고 후회하실 거라고 그만 좀 정신 차리셨으면 하셨습니다."

"누, 누가?"

"조규철 경장님이요."

맥주를 마시던 조 경장이 사레가 들려 컥컥 거렸다.

"조 경장님은 출동차량 운전을 너부 못하신다고, 아삐기 열불이……."

조곤조곤, 서로가 숨겨왔던 비밀이나 단점을 아주 공손한 말투로 늘어놓기 시작한 서은하를 보며 누군가 소리쳤다.

"야, 은하 누가 술 먹였어!"

묻는 말에 대해 가감 없이 얘기하고, 아주 솔직히 단점을 지적해 버리는 그녀의 술버릇을 모두 알고 있는지 갑자기 화장실을 가겠다며 죄다 자리를 비우기 시작했다.

서은하는 민호와 단둘만 앉아 있게 되자 배시시 웃었다. 다른 사람처럼 무언가를 지적하리라는 생각에 불안에 빠진 민호에게 그녀가 말했다.

"우리 민호 씨는 멋있어서 탈입니다."

"은하 씨, 취했어요?"

"네, 취했어요. 그래도 내 애인이 너~무 멋지단 말이죠."

"누가 듣겠어요."

부스럭.

그 와중에 서철중이 다가와 민호는 당황에 빠졌다. 간이 테이블 위에 술병을 올려놓은 서철중이 물었다.

"왜 둘밖에 없지?"

"화, 화장실에들 가셨어요."

"그래? 민호 군, 잠깐 따라오게."

서철중의 손짓에 민호는 긴장한 채 뒤를 따라나섰다. 마당 한쪽의 조용한 곳에 도착한 서철중이 말했다.

"자네. 근래 들어 우리 은하랑 사이가 더 돈독해진 것 같아."

"그, 그게요, 반장님."

"뭐, 나도 은하가 좋다는 거 뭐라 할 생각은 없어. 건전하게만 사귄다면 말이지."

예상 밖의 말에 민호의 눈이 커졌다.

"보니까 운전 꽤 하더군."

"영상 보셨어요?"

"은하가 자네 자랑한다고 계속 문자를 보내서. 그런데 말이야. 언제 우리 막내한테 교육 좀 해줄 수 있나? 출동할 때마다 갑갑해서. 이 나이에 운전대를 도로 잡을 수도 없고."

역시나 다른 의도는 있었으나, 민호는 서은하를 아끼는 사람들과의 관계가 한발 더 가까워 질 수 있는 기회라는 생각에 얼른 승낙했다.

"언제고 불러만 주십시오."

간이 테이블에 앉아 있는 서은하에게 시선을 돌린 민호는 사귀는 것을 정식으로 허락받았다는 사실에 뿌듯한 미소를 지었다.

뺨이 불그스레 달아오른 서은하가 머리 위에 양손을 올려 하트를 그려 보였다.

"아, 그…… 반장님께 보내는 신호 같습니다. 하하!"

———

Object : 카 스턴트 전문가의 목보호구.

Effect : 주행의 멋을 아는 운전조작에 능숙해진다.

Cross Object : 컨버터블과 목보호구의 드라이빙 마스터 세트.

Effect : 1㎝의 타이어 미끄러짐까지 완벽한 컨트롤이 가능한 주법을 구사한다.

Relic : BB옵션이 추가된 레이서의 컨버터블.

Effect : 시동을 걸면 극한의 동체시력을 활용할 수 있게 된다.

Reverse Effect : 도로 위의 무법자를 만나면 분노가 솟구치는 주인의 감정을 공유한다.

55.
청춘의 달인TV (1)

《QBS 연예정보 프로 '한밤의 연예가 섹션'》

스튜디오를 비추는 십여 대의 카메라에 일제히 녹화를 뜻하는 적색등이 밝혀졌다.

"11월 첫째 주, 생방송으로 전해 드리는 한밤의 연예가 섹션. 오늘도 한 주간의 뜨거운 이슈와 함께합니다. 저는 김도현."

"신예원입니다."

MC 김도현의 멘트에 아나운서 신예원이 말을 잇자 음악과 함께 실제 방송 송출을 보여주는 화면에 로고가 떠올랐다.

PD의 신호와 함께 김도현이 리포터 조생민을 향해 물었다.

"생민 씨, 드디어 알랭이 귀국했다면서요?"

"네! 지난주 드라마 '사계절의 행운'에서 깜짝 등장해 뭇 여성들의 마음을 설레게 하며 시청률을 폭발시켰던 알랭이 수요일에 인천공항을 찾았습니다!"

"저도 그 피아노 장면보고 알랭한테 푹 빠졌어요."

신예원이 두 손을 모으며 그윽하게 미소 지었다. 조생민이 웃으면서 말을 이었다.

"강민호 씨의 심층 인터뷰와 팬미팅 현장의 뜨거운 열기가 담긴 독점 영상까지! 지금 바로 만나보시죠!"

송출 화면이 전환되어, 인천공항 내부의 드라마 촬영 장소가 모습을 드러냈다. 조생민과 강민호가 카페 의자에 앉아 있는 장면으로 이어지며 인터뷰가 시작됐다.

"봉주르, 알랭! 파리에서 인천까지. 비행시산은 지루하지 않으셨습니까?"

시작부터 드라마 속 인물인 척 상황극을 걸어오는 조생민에게 강민호는 부드러운 웃음을 지으며 프랑스어로 대답했다.

『그럴 정신이 없었어요. 입양돼서 프랑스에서만 지내다 처음 밟은 한국 땅에 무척 들떠 있거든요. 한국의 부모님을 찾아보는 것도 기대 중이고요.』

"아……. 강민호 씨, 죄송하지만 알랭 씨 말 좀 통역해 주시겠습니까?"

자막으로 해석된 말이 그대로 나갔다.

"그래서 알랭이 진짜 부모님을 만나는 겁니까? 파리에서 아쉽게 헤어졌던 서은하 씨, 아니 은채와는 언제 만나게 되죠?"

"작가님께서 스포일러는 자제해 달라고 하셨어요."

"그러지 말고 저한테만 살짝 귀띔해 주신다면……."

강민호가 손으로 입을 가리고 뭐라고 말하자 조생민의 눈이 왕방울만 해졌다.

─생민 씨, 뭐라고 했나요? 저도 궁금해요.

생방 중인 스튜디오에서 신예원의 음성이 끼어드는 가운데, 화면 속 조생민이 카메라를 향해 말했다.

"다음 주 수요일, 9시 55분에 확인해 보랍니다. 시청자 여러분, 아셨죠? 본방사수!"

깨알 같은 홍보 뒤에 본격적인 인터뷰가 시작됐다.

"3개월 전의 인터뷰 때만 해도, 걸세븐 틈에 서 있는 일일 출연자에 불과했습니다. 기억나시나요?"

"네, 그때는 인지도가 거의 없었죠."

"그랬던 강민호 씨가 지금은 영화 주연까지 꿰찰 정도로 엄청난 인기몰이를 하게 됐습니다. 축하드리면서, 소감 한 말씀 부탁합니다."

"지금은 시청자분들의 관심에 고마울 뿐이에요. 얼마 전 팬미팅 행사장에서 저를 좋아해 주시는 팬분들을 만났는데, 더 열심히 해야겠다는 생각이 들더군요."

"듣자하니 팬미팅 행사에서 노래도 부르셨다는데? 여기서 한 소절만 들려주실 수 있습니까?"

"그건 그냥 팬미팅용이라…….

"그럴 줄 알고 영상을 입수했습니다."

"네?"

화면이 전환되어 10초 동안 민호의 노래 영상이 흘러나 왔다.

─도현 씨, 저 정도 노래 실력이면 가수 아닌가요?

─잘 부르네요. 저도 가수지만 저보다 음정, 박자가 정확 해요.

음성으로 참여한 스튜디오의 반응 이후, 자막으로 질문이 나가면 강민호의 대답이 이어지는 식의 빠른 편집 화면이 흘 러나왔다.

[드라마에 영화까지. 연기자가 된 소감은?]

"아직 연기자라고 하기에는 배워야 할 것이 많아요. 그냥 할 수 있는 것에 온 힘을 다하는 모습을 보여 드리면서 연기 활동을 이어나갈게요."

[온갖 예능에서 러브콜이 들어온다던데, 앞으로 활동 계획은?]

"S본부의 '메디컬 24시' 외에는 고정 출연이 없어요. 다른 예능은 논의만 오가고 있는 터라 확실해지면 말씀드릴게요. 청춘일지요? 그건 특별출연이었어요."

[청춘일지에 또 나와 달라는 시청자의 요청이 중국과 동남아에서도 쇄도하고 있다는 걸 알고 있는지?]

"특별 출연은 특별할 때만 나갈 때 비로소 빛을 발하는 법이죠."

[농사일이 힘들어서 빼는 건 아닌지?]

"인정해요. 힘듭니다. 그걸 매번 열심히 촬영하는 걸세븐과 이도진 씨가 대단한 거예요."

강민호가 활약했던 청춘일지의 장면들이 오버랩 됐다. 그것을 지켜보던 스튜디오의 MC들이 목소리로 맞장구쳤다.

−강민호 씨, 고생 많이 했네요.

−도현 씨는 어때요? 청춘일지 특별출연 한번 하세요.

−커험, 제가 연말 콘서트 준비에 바빠서⋯⋯.

인터뷰 장면으로 전환되어 소생민이 마지막 질문을 던졌다.

"강민호 씨에게 방송이란?"

"호기심이죠. 계속 프로게이머로 활동했다면 결코 만나지 못했을 사람들을 만날 수 있다는 것이 좋아요. 각자의 분야에서 활약하는 그분들 때문에 이 자리에 제가 있고, 재밌는 방송을 만들 수 있었던 것 같아요."

"잘 들었습니다. 오늘 인터뷰 감사합니다, 민호 씨."

민호는 인터뷰가 끝나자마자 드라마 촬영 스태프 한 명에게 다가갔다.

"조명감독님. 그 반사판 제가 한 번만 들어봐도 될까요?"

반사판을 손에든 민호가 감탄사를 터뜨렸다.

"와, 이래서 얼굴이 뽀샤시하게 살아나는 거구나. 여배우 미모는 조명감독님이 살린다더니 그게 진짜였어."

조생민은 그런 민호를 지켜보다 카메라 쪽으로 시선을 돌리며 마무리 멘트를 추가했다.

"시청자 여러분. 지금까지 호기심 많은 스물넷의 청년, 강민호 씨와 함께했습니다."

금요일 아침.

민호는 새롭게 고정출연하게 될 프로그램인 '달인의 조건' 콘셉트 논의를 위해 일찍부터 QBS 예능국으로 이동 중이었다.

"악성 댓글이요?"

밴을 타고 가며 여느 때처럼 공 매니저에게 스케줄 관련 사항을 듣던 중, 뜻밖의 말을 들었다.

"제 기사마다 꼬박꼬박 그런 댓글을 다는 사람이 있어요?"

"네. 보통 이 정도의 악플러는 회사 법무 팀에서 사이버수사대에 고소장을 넣어 신원을 파악합니다만, 경찰 쪽에서도 추적하지 못하는 사람은 처음입니다. 주민번호부터 이미 도용이었습니다."

휴대폰을 들어 직접 기사를 눌러본 민호는 '방송 조작'이니 '사기극'이니 선동하고 있는 아이디 하나를 어렵지 않게 찾을 수 있었다.

"수사관이 보안 관련 전문 종사자가 아니면 이렇게 철저하게 자신을 숨길 수 없다고 하더군요. 뭔가 악의적으로 달고 있는 것 같아 회사 차원에서 전문가를 고용하기로 했습니다."

"'십장생민호'라. 저 오래 살겠네요."

민호가 피식 웃었으나 공 매니저는 걱정이 담긴 눈빛으로 룸미러에 비친 그를 살폈다.

"무엇보다 민호 씨가 충격을 받으실까 봐 염려됩니다."

"에이, 이 정도로 뭐. 괜찮아요. 프로게이머 하면서 이거보다 심한 댓글 숱하게 본걸요. 개인방송 같은 거 돌릴 때 게

임 한 판 지면 있죠? 부모님 안부 묻는 애들은 널렸어요. 그거 일일이 대꾸해 주다가는 저부터 지쳐요."

대범하게 넘기는 민호를 보면서도 공 매니저는 반드시 잡아내겠다고 다짐했다. 프로그램마다 열정을 갖고 참여하는 소속 연예인의 노력을 말 한마디로 헐뜯는 상대를 결코 두고 볼 수 없었다.

방송국이 보이는 사거리에 도달했을 무렵, 민호는 문득 QBS 연예정보 프로그램의 인터뷰가 떠올라 공 매니저에게 물었다.

"참, 나 PD님이 청춘일지 출연해 달라는 말은 안 하셨어요?"

공 매니저는 멈칫했으나 대답은 곧바로 했다.

"그런 말씀은 없으셨습니다. 혹시 나가고 싶어지신 겁니까?"

"아, 그런 건 아니고요. 이 정도 되면 요청이 올 만하겠다 싶은데 안 와서요. 인터뷰에서 너무 대놓고 안 하겠다고 한 것도 조금 미안하고."

주차장에 도착한 민호가 밴의 문을 열었다.

"다녀올게요."

"저, 민호 씨!"

"네?"

"잠깐 회사에 들러야 하니 짐은 다 들고 내리시는 게 어떻습니까?"

"그래요? 제 차로 올 걸 그랬네요. 공식 스케줄도 아닌데 괜히 공 매니저님 번거롭게."

민호의 이 말에 공 매니저는 가슴 한구석이 쿡 찔리는 느낌이 들었으나 눈물을 머금고 이야기했다.

"나 PD님과 얘기 잘하십시오."

"갈게요, 이따 봬요."

백팩을 등에 메고 방송국 안으로 들어가는 민호를 보며, 공 매니저는 나직이 중얼거렸다.

"죄송합니다, 민호 씨. 파일럿 시청률 대박을 위해……."

그리고 휴대폰을 들어 '민호 씨 도착했습니다, 나 PD님'이란 문자를 보냈다.

지하 주차장의 엘리베이터를 기다리며 민호는 새 예능 '달인의 조건'에 대해 생각해 보았다.

전적으로 자신에게 맞춰 주겠다는 나 PD의 제안은 달콤하기 그지없었다. 원하는 전문가를 택할 수 있게 해주는데다가 원하는 동료도 섭외해 주겠다는 좋은 조건까지 덧붙였다.

'근데 누굴 부르나? 우리 레이블 식구만 인지도 오르라고 불러 버리면 너무 속보이겠지? 그럼 여기에 다른 소속사 한

명 정도······.'

추려보니 대충 나왔다.

[진큐야, 너 매주 금토에 스케줄 괜찮아?]

문자를 보내자마자 '띠링' 하고 곧바로 답문이 왔다.

[왜?]

[나 다음 주에 예능 파일럿 하나 들어가는데 같이 안 할래?]

[섭외냐? 나님은 웬만한 케이블은 안 한다. 그리고 불금에는 클럽에 가야지.]

[나영광 PD님이 기획한 QBS 주말 예능이긴 한데······.]

'쩜쩜쩜'을 더 찍어서 보내자 바로 입질이 왔다.

[공중파? 그것도 그 대박 PD가 하는 프로라고?]

[응. 클럽 가야 하면 어쩔 수 없지.]

[오늘부로 클럽 끊었어!!! 한다, 해!]

진큐는 성공. 여기에 이상건과 윤이설이 참여하면 대충 동료는 윤곽이 나왔다.

'이래저래 나한테 딱 맞는 고정 프로가 될 거 같아.'

설령 전문가를 만나 애장품을 발견하지 못하더라도, 방송을 빌미로 기존에 들고 있던 애장품을 마음껏 활용해 볼 수 있는 무대를 연출할 수 있다는 것도 좋았다.

엘리베이터에 올라타 7층을 눌렀다.

딩동.

그렇게 희망에 부풀어 예능국 층에 도착한 순간이었다. 민호는 문이 열리자마자 눈에 익은 VJ와 카메라가 대기하고 있는 것을 보고 '응?' 하는 표정으로 밖을 살폈다.

"어서 오세요, 강민호 씨!"

나영광 PD가 특유의 능글한 웃음과 함께 다가왔다. 복도로 나온 민호가 자신을 촬영 중인 VJ를 가리키며 물었다.

"저를 왜 찍는 거죠?"

"테스트 촬영입니다, 테스트."

"저분 청춘일지 VJ시잖아요."

율치리의 축사에도 같이 들어갔고, 포에버랜드의 사육사 체험에서도 함께했던 그 VJ였다.

"원래 방송국 VJ는 돌고 도는 거예요."

나 PD는 민호를 곧장 '파일럿 프로그램, 달인의 조건 팀'이라는 글귀가 적힌 회의실로 안내했다. VJ까지 따라 들어오기에 민호는 고개를 갸웃했다.

'아니야. 청춘일지 촬영은 수목이라고. 금요일인 오늘 저 VJ가 다른 일 하는 건 당연해.'

저것 말고는 이상한 낌새가 없었기에 민호는 일단 자리에 앉았다. 나 PD가 파일철 하나를 내밀며 말했다.

"어떻게, 전문가 선택은 하셨어요?"

"그…… 청년실업 문제를 되짚어 보자는 기획의도 말인데요. 아무래도 파일럿이니 그것에 걸맞은 전문가를 찾아가 일의 어려움을 나누는 게 맞겠다 싶어요."

민호는 말은 이렇게 했으나 나 PD가 미리 사전조사해 건네준 명단 중에서 애장품이 있을 가능성이 큰 이들 위주로 짚어 주었다.

"알겠습니다. 그리고 민호 씨가 염두에 둔 출연진은 어떻게 되나요?"

올라오며 생각한 출연진까지 모두 얘기하자 나 PD가 자리에서 일어났다.

"그럼, 다음 주에 민호 씨 의견 100% 반영해서 이대로 진행하는 걸로 하겠습니다. 계약서는 회사에 보내 났구요. 프로그램 준비에 민호 씨가 주도적으로 참여하는 만큼 스태프 롤에 공동기획자로 이름 올려도 괜찮겠죠? 계약서 조항에는 포함되어 있습니다. 더불어 기획자 페이도 지급됩니다."

"공동기획자요? 저야 괜찮지만……."

출연자 굴리기에 일가견이 있는 나 PD와의 논의인 터라 수월하다 못해 과분한 대우를 받게 된 민호가 도리어 어안이 벙벙해지는 상황이었다.

'이것이 인기 상승의 위력?'

민호가 내심 흐뭇해하던 그 순간이었다. 갑자기 나 PD가 카메라를 향해 소리쳤다.

"오케이! 민호 씨가 수락했어! 들었지?"

말이 끝나기 무섭게 문이 벌컥 열리더니, 청춘일지의 작가 중 하나인 김미영이 뛰어 들어왔다.

"네, 확인했습니다."

무슨 말인지 이해하지 못한 민호에게 나 PD가 빠르게 말했다.

"민호 씨도 스태프로 참여한 이상, 사전 취재 활동에 함께 가 주셔야겠습니다."

"사전 취재요?"

"미영이 뭐하니, 어서 기획서 드려."

김 작가가 두툼한 문서 하나를 내밀었다.

[QBS 예능 '달인의 조건' 병행 취재 기획.]

제목만 봐서는 무슨 내용인지 감이 오지 않았으나 나 PD가 친절하게 설명해 주었다.

"제가 청춘일지도 연출하고 있잖아요. 율치리 가을걷이를 모두 끝낸 걸세븐이 타 지역 시골마을을 방문해 그곳의 장점을 배우는 특집을 찍거든요. 그 방문지가 춘천 서면에 있는 시골 마을인데 이곳이 박사 배출로 유명한 장소예요. 1963년부터 박사만 무려 150명을 배출했죠."

"그래서요?"

"'달인의 조건' 팀도 이 전문가 천지인 박사마을을 방문할 계획에 있으니 겸사겸사 사전 취재를 병행하는 거죠. 방송에 적합할 만한 인물을 발굴할 겸. 자, 스태프들 기다리고 있으니 출발!"

나 PD가 민호의 등을 떠밀었다.

엘리베이터를 타고 1층에 내려와 로비를 나선 민호는 방송국 입구에 대형 버스를 비롯해 촬영 장비 차량이 줄지어 늘어서 있는 것을 보고 놀라지 않을 수 없었다.

"무슨 취재를 저렇게 많이 가요?"

"가는 김에 티저 촬영도 같이 하려고 그래요. 민호 씨가 메인이니 가서 사람들 만나는 것만으로도 예고편 쓸 게 나오거든요."

미심쩍어하는 민호를 나 PD는 손수 미니버스 앞까지 안내해 주었다.

"안에 작가들과 조연출 동승하니 궁금한 거 있으면 물어보세요."

춘천이라면 그리 멀진 않았다. 오전 정도만 간을 보고 애장품을 발견하지 못하면 발을 빼야겠다 결정한 민호는 이내 미니버스에 올라탔다. 그리고 작가진과 조연출이 아닌 카메라에 둘러싸인 상큼한 일곱의 아가씨들과 마주하게 됐다.

"민호 씨 탔어. 닫아, 닫아!"

미니버스의 문이 닫혔다.

버스에 민호가 올라타자 맨 앞에 앉아 있던 구하연의 눈이 휘둥그레졌다.

"민호 오빠?"

집들이에 같이 왔었던 김선화도 놀라서 민호를 바라보았다. 가장 뒤에 있던 오소라가 벌떡 일어섰다.

"민호 오빠가 여기에는 왜? 청춘일지 또 섭외됐어요?"

"아니, 그게 아니라 공동기획자로 취재……."

민호가 버스 창문을 열고 나 PD 쪽으로 고개를 내밀었다.

"이게 무슨 상황인 거죠?"

"아차차, 말씀 안 드렸구나. 달인의 조건은 취재만 하면 되는데, 청춘일지는 본편 촬영이에요."

"청춘일지 촬영은 수목이잖아요."

"걸세븐 전원이 아시아 투어 일정을 소화하느라 미뤄진 거 모르셨나 봐요?"

얄밉게 얘기하는 나 PD.

"이건 사기잖아요."

"모든 건 카메라에 담겼습니다. 제가 하지 말라고 한 게 있던가요? 시간이 촉박하니 출발하겠습니다. 민호 씨 안전벨트 꼭 매세요!"

나 PD는 행여 민호가 판을 뒤엎고 가 버릴까 봐 얼른 선두 차량으로 줄행랑 쳐버렸다. 민호는 설마 해서 손에 쥐고 있던 두툼한 문서를 열어 보았다.

['달인의 조건' 콜라보 티저 기획. 청춘, 달인을 만나다!]

'뭐야 이게?'

소제목을 읽은 민호는 이것이 빼도 박도 못할 함정이라는 것을 깨달았다.

'그러면 그렇지.'

공동기획자를 수락한다고 선언한 이상 당장 따지기가 어려웠다. 민호는 그제야 왜 나 PD가 여태껏 고분고분 자신의 요구를 들어줬는지를 알 것 같았다.

자신이 아무리 마을 취재만 한다 해도 거기에 걸세븐이 따라붙으면 영락없이 청춘일지 그 자체였다.

버스가 출발해 민호는 하는 수 없이 사리에 앉았다.

'난감하네.'

박사마을에 애장품이 있다면 모를까, 민호는 하나도 발견하지 못하면 정말 칼같이 취재만 돕고 발을 빼야겠다고 다짐했다.

멀리서 민호가 탄 버스가 출발하는 모습을 지켜본 나 PD가 손가락을 딱 튕겼다.

"나이스. 일단 태우는 데 성공했어."

"민호 씨가 정말 순순히 촬영에 협조해 줄까요? 차라리 페이를 올리고 적극적으로 섭외하는 편이……."

김 작가의 걱정에 나 PD는 확신에 찬 얼굴로 말했다.

"페이는 아무 상관없어."

"네?"

"이건 강민호 씨 매니저님과 진지하게 이야기를 나눈 결과 확인한 사실인데. 민호 씨는 한번 즐기기 시작하면 힘든 거 전혀 상관 안 해. 지난번 동물원에서 우리도 봤잖아. 사자 우리 막 들어가고, 온종일 사육사 일 하면서 얼굴 한 번 안 찌푸리는 거."

"박사마을에서 취재 중에 즐길 거리를 찾는지 아닌지에 걸린 거군요."

"여기서 달인의 조건 가능성을 엿볼 수 있어. 어디에 갖다 놔도 제몫을 해주는 예능인이 맘껏 뛰놀 무대를 만났을 때 어떤 그림이 나올지. 청춘일지도 새 포맷 시도라 정말 좋은 기회야."

실제 거주하고 있는 박사만 30명이 넘는 마을. 나 PD는 설마 그중에 민호가 흥미 있어 할 인물 하나 없겠냐고 자신감 있게 일을 추진했다.

나 PD가 봉고차에 탑승하며 무전기를 들었다.

─출발. 모두 긴장 바짝 해. 청춘일지에 드디어 강민호가 떴다. 이참에 예능 시청률의 역사 한 번 다시 써 보는 거야.

"나 신경 쓰지 마. 청춘일지가 아니라 달인의 조건 때문에 따라온 거니까. 하던 거 해."

걸세븐과 인사를 나눈 뒤 선을 딱 그은 민호의 옆자리로 오소라가 다가왔다.

"어떡해요? 오빠 또 나 PD님께 당한 거죠?"

"뭐, 대충은."

"어쩐지. 생전 안 해보던 실시간 인터넷 방송도 연계한다고 하던데 민호 오빠가 와서 시도하는 거였구나."

"인터넷 방송?"

구하연이 쪼르르 달려와 또랑또랑한 눈으로 민호를 쳐다보았다.

"오늘 오빠가 도와주시는 거예요? 짱이다. 우리 엄청 걱정했는데."

"그게 말이지, 하연아."

애장품 발견하면 그럴 수도 있고 아니면 떠날 거라는 사실을 어떻게 설명해야 하나 고민하는 사이, 구하연이 대뜸 물었다.

"저 인터넷 방송 하나도 모르는데 민호 오빠는 좀 아세요?"

"입대 전 게이머 시절에 조금 하긴 했어."

"저희 오늘은 마을 박사 어르신들 뵙고 자유롭게 이야기하면서 일 배우다가 내일 실시간 인터넷 방송으로 그걸 보여준대요. 각자 한 시간씩 맡아서 릴레이 하기로 했어요. 근데 인터넷 방송하면 악플 다는 네티즌들도 막 들어오는 거잖아요."

민호는 한창 프로게이머로 활동하던 시기에 게임BJ로 인터넷 방송을 했던 기억을 떠올렸다. 천여 명 이상이 한 방에 몰려 '혼돈의 카오스'가 펼쳐지는 채팅창. 1초에도 대여섯 개의 대화가 쭉쭉 올라가는 가운데 네티즌과 소통한다는 건 쉽지 않은 일이었다.

'가만. 이거 포맷이 청춘일지가 아니잖아?'

달인을 찾아가 자유롭게 이야기를 나누며 그 직업의 참 의미를 되새겨 보고, 이 땅의 청년들과 실시간 소통으로 대화를 나눠보는…….

조잘조잘 이야기하는 구희연의 음성을 가만히 듣고 보니 달인의 조건과 청춘일지 포맷이 묘하게 겹쳤다. 이건 말만 병행 취재일 뿐, 새로운 방식의 콜라보였다.

'괜히 날 부른 건 아니구나.'

성공한다면 파일럿 시작도 전에 '달인의 조건'이 화제에 오를 테지만, 그건 자신이 기본적인 재미를 보장해 줘야 가능한 이야기였다.

나 PD의 의도가 어느 정도 보인 민호는 바로 기획서를 들춰 박사마을에 대한 설명을 읽어 보았다.

경제, 물리, 생물, 화학…… 거의 모든 분야의 박사가 있는 마을인데다, 시골임에도 정기를 받겠다고 신혼부부가 엄청 몰려와 숙박업이 흥하고 있다는 설명도 있었다.

'애장품이 한두 개는 있을 법한데.'

그렇게 불안 반 기대 반을 안고서 두 시간을 달린 끝에 한 마을에 미니버스가 도착했다.

민호는 창밖에서 들어오는 햇살을 손바닥으로 가리고 애장품의 빛이 보이나 유심히 찾아보았다. 그러다 자신의 손목을 보고 작게 감탄하고 말았다. 미니버스가 한 집 앞을 지나가자 점자시계에 어려 있던 빛이 강해지더니 집과 멀어지자 이내 사라진 것이다.

이건 애장품이나 유품끼리 어울릴 때 찾아오는 시너지였다.

'적어도 하나는 저 집에 있다는 말…… 어?'

그러나 이 발견은 시작에 불과했다.

마을회관으로 가는 사이 백팩 안에 들어 있던 유품과 애장품들이 한꺼번에 빛을 냈다가 사라지기를 반복했다. 그야말로 시너지 있는 애장품의 천국이 아닐 수 없었다.

"이 마을 장난 아니잖아?"

하품하고 있던 오소라가 민호의 중얼거림에 고개를 돌렸다.

"왜요? 마을이 이상해요?"

"아니, 끝내줘서. 대단한 어르신들이 많이 계실 것 같단 말이지."

민호의 눈동자에 화려한 네온사인으로 둘러싸인 라스베가스를 방문한 것마냥 경이가 담겼다. 오소라의 눈길이 그런 민호를 따라 창밖을 향했다.

11월의 한가로운 농촌 풍경.

갈대가 곳곳에 자리한 황금빛 시골 길에 불긋하게 익어가는 완만한 산등성이가 가을의 분위기를 물씬 풍겼다. 시간이 느리게 흐르듯 한적함이 느껴지는 이 마을은 청춘일지를 촬영하는 율치리와 크게 다르게 보이지 않았다.

이런 시골의 분위기에 폭 빠진 것 같은 민호를 흘끔 본 오소라는 오랜만에 농촌냄새 맡아서 그러겠거니 하고 넘어갔다.

"오빠, 오늘 취재만 할 생각이에요?"

"일단은."

"저 분량 좀 뽑게 오전만이라도 같이 좀 다녀도 될까요?"

오소라의 제안에 아까부터 귀를 쫑긋 세우고 있던 구하연도 손을 번쩍 들었다.

"저도요! 저도!"

이 음성을 시작으로 걸세븐 전원이 민호의 주위를 둘러쌌다.

"민호 오빠, 저는 짐도 들어 드리고 시키는 잡일 전부 하겠습니다!"

"그거 받고, 이번에 배운 스포츠 마사지 한 시간마다!"

"저는요, 집 이동할 때마다 업어 드릴게요!"

민호는 신음을 삼켰다.

"워워, 얘들아."

이대로 놓아두면 끝이 없을 것 같아 민호는 있으나마나 한 기획서를 손에 들고 제목을 가리켰다.

"나 다른 프로 때문에 온 거야. 도진이 형은 어디 계셔? 따로 타고 오시나?"

"도진 촌장님은 율치리에서 손님 대접 준비하고 계세요. 추수 끝나고 얻은 농작물로."

대답을 한 구하연이 "민호 오빠랑 1시간 찜!"을 외치자 다시 혼란이 시작됐다. 걸세븐을 통제하는 것은 본래 이도진의 몫이건만, 겨울이 다가와 청춘일지도 약간 개편이 된 듯했다.

"그만들 해."

오소라는 민호와 함께 가기 위해 황당한 제안을 일삼은 동료들를 어이없는 눈길로 돌아보며 말했다.

"페어플레이 하자. 오늘 하루, 민호 오빠 건드리거나 도움받기 없기. 만약 걸리면 내일 제일 처음 방송하는 걸로."

"좋아."

"콜!"

마을회관에 멈춰선 미니버스에서 걸세븐이 내리기 시작했다. 회관 앞마당은 촬영 준비 탓에 정신없는 상황이었다.

민호는 짐을 챙겨 내리다가 저 멀리 나무 밑에 나 PD와 스태프들이 대화하고 있는 것을 발견하고 점자시계를 슬쩍 터치했다.

─준석아. 혹시 민호 씨가 뭐라고 하거든 티저 촬영 준비하려고 찍는 거라고 박박 우겨.

─네, PD님. 그런데 저 혼자만으로 괜찮을지…….

─미영이도 가잖아. 미영이 너는 뭔가 벌어질 것 같으면 바로 연락하고. 민호 씨 시야에서 놓치지 마.

─알겠어요.

목적지에 도착하자 본색을 드러내는 나 PD였다.

'뭐, 방송인 척하는 게 편하긴 하니까.'

처음 만나는 어르신들께 애장품을 빌려보기 위해서는 카

메라 하나 정도 따라붙어 줘야 자연스러울 것이란 생각에 민호는 잠자코 기다렸다.

그렇게 마을의 지리를 살피며 이동할 준비를 하는 틈에 나 PD가 슬쩍 다가섰다.

"공동기획자님~"

"그만하세요, 서로 눈치챌 거 다 챘는데."

"하하."

"티저 촬영은 협조하겠지만, 저 청춘일지 출연한 건 아닙니다."

민호가 선을 긋자 나 PD가 미소 지으며 말했다.

"그래도 내일 인터넷 실시간 방송 때 달인의 조건 홍보 타임이 있는데, 민호 씨가 메인 출연자니 참여해 주셔야 해요."

"그런 순서도 있어요?"

"있죠. 거기 기획서 맨 뒤에 보면……."

"아, 알겠어요. 홍보라 이거죠?"

나 PD의 함정에 당한 것은 어쨌든 돌이킬 수 없었다. 지금은 이 마을에서 오래 버티면서 돌아다니는 것이 최우선이었기에 민호는 가볍게 수락했다.

"달인의 조건에 섭외할 인물 컨택은 전적으로 민호 씨에게 맡길게요."

"알겠어요. 이제 가 봐도 되죠?"

민호의 말에 나 PD가 손가락을 하나 더 들어 올렸다.

"여기 청춘일지 촬영 때문에 작가진이 사전 조사한 자료가 있습니다. 이거 들고 가시면 엄청 편하실 거예요. 대신에 저녁에 걸세븐이 마을회관에서 어르신들 모아놓고 요리 경연할 때 살짝 참여를……."

"필요 없어요."

"네?"

누굴 찾아가야 할지는 애장품 시너지의 빛이 인도해 줄 것이기에 자료는 다 필요 없었다.

"발품 팔기 힘드실 텐데."

"공기 좋은 곳이잖아요. 마음대로 걷고. 저는 이 편이 좋아요."

나 PD는 다시 한 번 권유해 봤으나 민호는 이미 저만치 걸어가 버린 후였다. VJ와 작가 김미영에게 얼른 눈치를 줘 따라붙으라고 지시했다.

"하여튼 예상대로 안 움직인단 말이야, 민호 씨는."

그게 좋아서 국장님께 개편 예능의 주연으로 적극 추천한 나 PD였기에 어느 정도는 기대감이 섞인 눈으로 민호의 등을 바라보았다.

민호는 언덕배기에 자리한 마을회관을 벗어나 시냇물이 졸졸 흐르는 소로를 따라 내려왔다. 그러다 갈림길 앞에 도착했다.

백팩을 열어 짐을 한번 살펴본 민호가 처음 선택한 것은 호리병이었다.

'장씨 노인이 양조장인이셨지.'

은은한 빛이 점점 밝아지는 방향에는 과수원이 자리해 있었다. 그리고 그 옆에 '임달수'라는 명패가 대문에 걸려 있는 아담한 집 한 채가 보였다.

"가자고!"

첫 번째 만날 박사의 집을 향해 민호는 흥분이 뒤섞인 발걸음을 움직였다. 민호의 뒤편에서 그가 어디로 갈지 궁금해하고 있던 김 작가가 휴대폰을 들어 곧바로 보고했다.

[강민호, 발효공학 박사님 댁 앞.]

똑똑.

"계세요?"

나무 대문을 두드리자 안쪽에서 걸쭉한 노인의 목소리가 들려왔다.

"벌써 오셨는감? 들어들 오시게."

민호는 기다리고 있었다는 노인의 발언에 의문을 느끼며 문을 열었다.

"안녕하세요, 어르신. 강민호라고 합니다."

"어여 와. 서울서 일찍 오셨네."

코 밑에 점이 나 있는 50대 후반의 노인, 임달수가 마루에서 일어섰다. 챙이 넓은 모자를 눌러쓰고 장갑과 토시를 착용 중인 임달수는 민호를 손짓해 부르며 말했다.

"여자들만 있다더니 사내가 왔구만."

민호는 박사님이 그제야 청춘일지 촬영을 위해 대기 중인 상태였다는 것을 깨달았다. 뭔가 적당한 변명을 해야겠다 생각하고 있는데 임달수가 대뜸 물어왔다.

"서울양반, 대추농사 지어 봤어?"

"대추요?"

농사는커녕, 대추가 열린 나무도 제대로 본 적이 없었다. 민호가 고개를 흔들자 노인이 옳다구나 손가락을 딱 튕겼다.

"아주 잘됐어. 따라오게."

장갑과 토시가 담긴 바구니를 민호에게 내민 임달수가 마당을 가로질러 밖으로 향했다. 민호는 김 작가 쪽으로 고개를 돌리며 물었다.

"혹시 청춘일지 미션 같은 거 해요?"

"네, 오늘 하루 박사님들 일 도와드리고 만족하시면 내일 인터넷 방송에 출연시킬 수 있거든요."

"아."

대충 이해가 갔다. 민호는 백팩을 마루에 내려놓고 장갑과 토시를 착용했다.

먼저 친해져야 애장품을 빌려볼 수 있기에 지금은 적극적으로 도와드리며 친분을 쌓아야 할 타이밍이었다.

호리병만 옆구리에 차는데 시너지가 어려 있던 빛이 엷어지는 것을 보고 고개를 돌렸다.

'애장품은 어르신이 지니고 있어.'

바구니를 들고 곧바로 따라나섰다.

집 옆의 과수원 길을 걷기 시작한 임달수가 달려오는 민호에게 고개를 돌렸다.

"저 앞에 잘 익은 대추들 보이지? 지금부터 내 말 잘 듣고 딱 알맞는 대추만 따야 해."

"어르신, 그런데 왜 제가 농사 경험이 없는 걸 좋아하신 거죠?"

"몰라야 내가 시키는 것만 할 거 아니여?"

과연, 민호는 어설프게 아는 것보다는 아예 모르는 게 낫다는 임달수의 말에 고개를 끄덕였다.

임달수가 한 대추나무 아래 섰다.

"잘 들어. 발효시킬 용도만 골라야 하니까, 때깔이 이렇게 벌겋고 반질반질한 것만 따야 해."

똑 하고 대추를 하나 따서 민호에게 던졌다.

"먹어 봐."

한입 베어 무는 사이 임달수가 또 하나의 대추를 던졌다. 색은 모두 빨강이었으나 하나는 조금 어두웠고 하나는 조금 밝았다.

"둘 다 달달하네요."

"다른 차이는 모르겠고?"

민호는 그 즉시 점자시계를 터치했다. 증가한 미각이 대추의 맛을 더욱 뚜렷하게 느낄 수 있게 했다.

"약간 시큰한 맛이라고 해야 하나? 요 갈색 같은 것이 감칠맛이 더 있는 것 같아요. 향도 다르고."

"젊은 친구가 그걸 아네? 적갈색 대추에 있는 시척지근한 맛이 바로 구연산, 능금산, 주석산이 담뿍 들었다는 증거지. 이것과 효소가 만나면 촉매 작용으로 기깔나는 발효액이 나와."

이 말에 민호는 상대가 단순한 과수원 주인이 아님을 피부로 느꼈다.

"열심히 해보겠습니다!"

"다 딸 필요는 없고, 그 바구니 채우기만 해."

임달수가 다시 집으로 돌아갔다. 민호는 대추나무를 슥 훑은 뒤에 대추를 선별해서 따는 작업을 시작했다.

적갈색과 암갈색. 육안으로는 한참 봐야 구분할 수 있는 미묘한 색감이었으나, 점자시계의 능력으로 향의 구분이 가능했기에 어렵지는 않았다.

지켜보던 김 작가가 '강민호, 대추작업 시작'이란 문자를 보냈다.

30분 정도 흘렀을까?

[미영아, 청춘일지 오프닝 촬영 끝났다. 거긴 별일 없어?]

나 PD의 문자에 김 작가의 시선이 민호를 향했다. 대추를 바구니에 듬뿍 담은 후 임달수의 집으로 돌아가고 있는 민호의 표정은 매우 진지했다.

[아직은 일만 돕고 있음.]

[고생하는 장면만으로는 예능감이 안 사는데. 다음 목적지 정해지면 말해. 걸세븐 중 하나 그곳으로 유도해 놓을 테니.]

김 작가는 마당에 들어간 민호에게 임달수가 잘 따왔다고 칭찬을 늘어놓는 것을 보며 '알았어요' 하고 답문을 보냈다.

"저, 어르신."

마당의 수돗가에서 대추를 씻어 건조대 위에 올려둔 민호는 임달수가 목에 걸고 있는 작은 나무 숟가락을 가리키며 물었다.

"그 나무 되게 귀해 보여요."

"이거?"

나무 숟가락을 만지작거리던 임달수가 물었다.

"서울양반은 벽조목이 뭔지 아는가?"

벼락 맞은 대추나무. 민호는 귀신을 쫓는다거나 불운을 막아준다는 의미가 있는 귀한 나무임을 파악하고 조심스레 물었다.

"엄청 귀한 나무 아닌가요?"

"맞아. 미신이긴 하지만, 이거 들고 다니면 양기가 흘러넘쳐서 아들 난다는 속설이 있지."

"실례가 안 된다면 한 번만 구경해 봐도 될까요?"

민호는 부탁하고서 심장이 두근거리는 것을 느꼈다. 어르신들의 성향을 예측할 수 없는 이상 여기서 싫다고 해버리면 끝이다.

"그래볼텨?"

다행히 임달수는 별 고민 없이 목걸이를 풀어 민호에게 내밀었다.

민호는 물기가 묻은 손을 바지에 쓱쓱 닦은 뒤에 조심스레 나무 숟가락을 손에 쥐었다.

─임씨, 또 담궈? 이번에는 뭐여?

─돌미나리. 효모균체 배합한 걸로 조합 중인데 완성되면 혈압에도 좋고, 몸에 있는 독성물질도 배출되는 명작이 나올 거야.

─아우, 난 통 무슨 짓하는 것인지 모르겠네. 담그려면 술을

담가!

-자네가 가끔 먹는 뱀술보다 훨씬 효과가 좋다고 보장하지.

각종 채소에 여러 미생물을 넣어 발효시켜 효용성을 연구하는 임달수의 모습이 민호의 머릿속을 스치고 지나갔다.

'발효학자셨구나.'

민호는 여기에 잔뜩 기대감을 안은 채로 호리병에 손을 댔다. 취화정을 생산했던 호리병에 어려 있는 빛이 사라졌다.

막상 아무 느낌이 들지 않아 주위를 두리번거리던 중, 혹시나 하는 생각에 호리병의 마개를 열었다.

취화정의 짙은 향취가 올라와야 할 호리병 안에서 한약재의 짙은 냄새가 올라왔다.

'설마.'

안의 내용물이 원래 물이고 그것이 자신에게만 취화징으로 적용된 것을 고려하면, 다른 어떤 다른 액체로 바꿔 적용됐다고 해도 이상하지 않았다.

한 방울만 혀끝으로 찍어본 민호는 술이 아님을 확신하고 한 모금 넘겨보았다.

'이건……'

냄새와는 달리 색다른 단맛의 음료였다. 오미자, 자몽, 모과에 더덕, 생강, 양파 같은 몸에 좋다는 발효액이 무려 여섯 가지나 들어가 있는 맛이라는 건 임달수의 애장품을 들고 있기에 확인할 수 있었다.

"어르신 혹시 발효액을 배합해서 하나로 만드는 작업 같은 걸 하고 계셨나요?"

"응? 서울양반이 그걸 어떻게 안데?"

민호는 수돗가 옆에 씻어 놓은 라벨이 붙은 유리병들을 가리켰다. 마당 한쪽에는 배합이 실패해서 버려놓은 흔적이 한 가득인 구덩이도 있었다.

"저걸 보니 좀 알 것 같아서요."

"똑똑한 친구였군. 하, 말도 말게나. 하나하나 발효시키는 건 괜찮아. 그런데 균체 농도랑 배양액 기질이 전혀 다른 것들을 섞자니 맛이 뒤죽박죽에 상하기 일쑤야. 비율이 문제지."

"오염균이 침투 못 하게 무균실험실이라도 만들 것도 아니니, 제한이 많군요."

"그렇지."

이 서울양반 말이 좀 통하네, 하는 눈빛이 된 임달수와 민호기 전문직인 대화를 나누기 시작하자 뒤에 서 있던 김 작가의 귀가 쫑긋했다.

"가서 돌미나리차 한번 먹어 볼 텐가?"

오달수가 더 이야기하면 어떻겠다는 의사를 전했다. 민호는 당연히 애장품을 오래 활용하고 싶었기에 고개를 끄덕였다.

"좋죠."

마루에 앉은 민호는 임달수가 부엌에 들어간 사이, 민호는 호리병을 들고 취화정이 아닌 무언가를 다시 음미해 보았다. 이번에는 점자시계를 터치해 더 세밀한 감각을 유지한 채였다.

'이거 어쩌면 가능하겠는데?'

민호는 부엌으로 걸어가 임달수에게 말했다.

"저, 어르신."

"응?"

물을 끓이고 있는 임달수에게 민호는 조용히 말했다.

"발효 배합에 대해서 드릴 말씀이 있는데…….'"

[아직도 발효 박사님 댁이야? 민호 씨, 오전에는 그곳에만 있을 셈인가?]

나 PD의 문자에 임달수의 집 마루에서 벌어지고 있는 사태에 정신이 팔려 있던 김 작가가 얼른 문자를 보냈다.

[저 PD님. 잠깐 여기 와보셔야 할 것 같은데…….]

[왜?]

[민호 씨가 지금 진짜 달인의 조건을 촬영 중이라서요.]

임달수를 도와 스포이트와 유리병을 만지작거리고 있는 민호의 모습은 전문가의 수제자 그 자체였다. 문자로만 대화하기 답답했는지 나 PD에게서 직접 전화가 왔다.

"준석 씨 일단 잘 찍어 놔요, 나 PD님이랑 통화 좀 하고 올게요."

김 작가가 대문 밖으로 나갔다. 그사이 VJ의 카메라에 막 마지막 효소액 배합을 끝내고 맛을 보고 있는 민호와 임달수의 모습이 잡혔다.

"오, 확실히 여섯 가지 맛의 균형이 잘 잡혀 있어. 이제 효소끼리 충돌해서 부패만 하지 않으면 될 것 같은데. 이건 며칠 두고 봐야 알 일이고."

"성공을 빌게요."

민호는 호리병에서 느껴지는 맛과 똑같아 아마도 백 퍼센트 성공하리라 확신했으나 더는 말하지 않았다. 임달수가 민호에게 고맙다는 표정을 지었다.

"서울양반 덕분에 몇 달 고생할 거 한 시간 만에 해결했어."

"뭘요, 이미 어르신이 연구 다 끝내 놓은 거에 숟가락만 얹었을 뿐인데요."

"이거 성공하면, 내 바로 한 병 만들어 보내 줄게."

정성 들여 만든 여섯 가지 발효액의 엑기스만 뽑아 하나로 만든 것. 영양소는 물론이고 몸에 좋다는 것만 가득한, 가치가 이루 말할 수 없는 물건이었다.

민호는 호리병 안에서 발효액으로 변한 물이 가진 효능 때문인지는 모르나 온몸에 기운이 불끈불끈 솟아오르는 것을 느꼈다.

"어르신 저녁때 마을 회관 오시나요?"

"그럼, 잔치한다던데 가야지."

"그러면 이 벽조목 저녁까지만 들고 다녀도 될까요?"

"양기 효과가 좀 있나 봐? 서울양반 혈색이 좋아졌어. 잔치 끝나고 줘도 돼."

"감사합니다!"

아침 일찍 박사마을에 도착한 터라 이제 겨우 오전 11시였다. 민호는 즐거운 마음으로 임달수에게 인사하고 밖으로 나왔다.

김 작가는 통화 버튼을 눌렀다.

ㅡ미영아, 무슨 말이야?

"민호 씨가요, 발효 박사님이랑 대화를 막 하더니, 연구를 또 막 하고. 유리병 막 늘어놓고 이것저것 섞고……."

ㅡ달인이랑 어울렸다 이거지? 주눅이 들거나 수동적인 게 아니라.

"맞아요."

-너 이렇게 클라스가 다른 연예인 본 적 있어?

"없어요."

-없으면 확실히 따라다녀야지! 진작 말했으면 메인 카메라 출동했잖아.

"어어? 민호 씨 출발해요."

-어디야? 어디로 가고 있어!

56.
청춘의 달인TV (2)

민호의 행복한 하루는 쏜살같이 흘렀다.

시너지를 일으키는 애장품을 찾아 돌아다니기를 수 시간째. 마을 안에서 애장품은 대략 여덟 개 정도를 발견했고, 그 중 3개는 빌리기까지 했다. 백팩 안에는 현재 발효공학자의 나무 숟가락과 지리학 전공자의 육분의, 생물학자의 핀셋이 자리한 상태였다.

'대충 눈에 띄는 빛은 다 만진 듯해.'

오후 5시가 될 때까지 뻔질나게 돌아다니느라 피곤할 대로 피곤해진 민호는 마을 어귀의 정자 아래 앉았다.

배터리를 가져오겠다며 혼자 가지 말라고 신신당부하고 사라진 VJ와 나 PD와의 비밀대화를 위해 또 사라진 김 작가를 기다리며 잠시 휴식을 취하기 시작했다.

"음……."

하루에 이렇게 많은 애장품을 만진 적이 또 있던가? 민호는 박사들의 애장품이 남긴 여운으로 인해 각종 지식이 너무 많이 뒤엉킨 탓에 골이 아파져 눈을 감고 머리를 식혔다.

오늘이야말로 애장품 활용 등급을 올리기 위해 엄청난 경험치를 쌓을 수 있는 날이라는 생각이 들었다. 방금 회중시계와 연관된 명리학자의 문서 정리를 도우며 본 미래의 시간은 거의 5분에 육박했었다.

아버지 바로 아래 단계까지 얼마 남지 않았다는 말이었다.

"좋아, 좋아."

콧노래를 흥얼거리며, 오늘 활용했던 애장품 목록을 휴대폰에 정리하던 민호는 다시 머리가 지끈거려 관자놀이를 지그시 문질렀다.

"아이고, 골이야. 왜 이러지?"

앉아 있다 보니 머리가 더 아픈 듯해 자리에서 일어나려던 민호는 비틀하고 다시 주저앉고 말았다.

'어라? 왜 하늘이 빙글…….'

민호는 정자의 의자에 풀썩 쓰러지면서도 왜 그런지 이유를 알지 못했다.

"소라, 너 몇 명이나 성공했어?"

오소라는 휴식 도중 박사마을 사거리에서 마주친 정효림의 물음에 자신감 어린 얼굴로 손가락 셋을 들어 보였다.

"헤헴, 내일 내 방송 출연 예정자만 세 사람이쥐."

"많네. 나보다는 적지만."

"넌 몇 명인데?"

"다섯."

정효림이 어깨를 한껏 추어올린 뒤 저녁 잔치 전에 한 명 더 성공해야겠다고 으스대며 걸어갔다.

"아니야, 질투할 필요 없어. 난 그래도 질이 좋잖아, 질이."

오소라는 민호가 방문했던 박사들 위주로 찾아가 미션을 성공했다는 것에 위안을 삼으며 마을 어귀로 걸어갔다.

"어? 저거 민호 오빠 아닌가?"

걸세븐이 잔뜩 모여 있던 조형예술 박사님 댁에서 붓으로 멋들어진 동양화를 그려내 사람들을 놀라게 한 뒤로 한동안 소식을 듣지 못했던 민호가 의자에 누워 잠을 청하고 있었다.

"오빠, 좀 있음 해 떨어져요. 시골공기 차가워서 거기서 자면 감기 걸린다고요."

가까이 다가가 보니 조금 이상했다. 편하게 자는 것이 아니라 이마에 땀이 흥건해 있는 민호의 얼굴에는 아파하는 기색이 역력했다.

"민호 오빠!"

오소라가 놀라서 달려왔다. 끙끙거리는 민호의 이마에 손을 대어보니 불덩이 같았다. 놀라서 나 PD에게 전화를 걸던 오소라는 민호가 손에 꼭 쥐고 있는 휴대폰에 시선이 머물렀다. 화면 속 메모장에 글이 잔뜩 적혀 있었다.

"애장품 활용……?"

지이잉.

그 순간 민호의 휴대폰이 울렸다. '아버지'라는 이름이 떠 있는 것을 본 오소라는 고민하다 휴대폰을 들었다.

"여보세요?"

─응? 민호가 안 받고 아가씨가 받네? 민호 애인인가?

"아, 안녕하세요. 민호 오빠 아는 동생이에요."

─아는 동생이면 애인은 아니고?

오소라는 나직이 '아직은요'라고 중얼거렸다. 전화 너머의 목소리에 웃음기가 머문 순간, 오소라는 민호의 상태를 깨닫고 급히 말했다.

"아버님, 지금 민호 오빠가…….."

─정신 못 차리고 해롱거리고 있죠?

"아…… 네, 맞아요."

─아가씨. 그놈 뺨 한번 세게 때려줄 수 있어요?

오소라의 눈이 커졌다.

"뭐, 뭐라고 하셨어요, 지금?"

─농담 아니라 짝 소리 나게 좀 때려줘요. 그놈이 생각이 참 복잡해서 머리가 꼬이면 그렇게 해롱거리거든요.

잘은 모르겠지만, 오소라는 전화 너머의 목소리가 시키는 대로 손을 올렸다.

짝.

뺨에 손을 대자 민호가 움찔 놀라 눈을 떴다.

"어? 소라야."

언제 끙끙 앓았느냐는 듯 멀쩡한 얼굴로 깨어난 민호를 보며 오소라도 놀랐다.

─잘했어요, 아가씨. 이제 전화기 좀 넘겨줘요.

"아, 네."

─참. 만약에 그놈한테 관심 있는 거면 좀 더 솔직해져야 할 거예요. 워낙 단순한 놈이라 직접적으로 얘기 하지 않으면 관계에 그다지 신경을 안 쓰거든.

오소라는 알쏭달쏭한 말을 들으며 전화를 민호에게 넘겼다.

"오빠, 아버님이에요."

"아버지?"

민호가 전화를 받았다.

—이 녀석아. 뭔 짓을 하고 돌아다니는 거야?

"그게 말이죠."

민호는 오소라에게 괜찮다는 표정을 지어 보인 뒤 정자에서 걸어 나오며 낮은 목소리로 말했다.

"애장품이 널려 있는 마을을 발견했어요."

—마을?

박사마을에 대해 설명하며 오늘 발견한 애장품들을 늘어놓았다.

—어쩐지. 눈이 뒤집혔다가 체한 거로군. 멍청하긴. 왜 함께 활용할 수 있는 애장품끼리 만나면 빛이 나는지 알아? 그건 그렇지 않은 애장품을 한꺼번에 여러 개 사용하면 몸에 부담이 오기 때문이야.

"이제 이해했습니다."

애장품 없이도 활용할 수 있는 시간이 증가한 만큼 앞으로 세, 네 개 이상을 한꺼번에 만지는 건 자제해야겠다는 교훈을 얻었다.

—조만간 집에 한번 들르거라.

"집에는 왜요?"

—서울 골동품에서 배달을 잘못한 거 같아. 네가 샀던 물건을 주소가 똑같을 거라 생각한 건지 이리 보냈다. 바쁘면 퀵으로 부치랴? 비싸 보이는데.

"아……. 아니에요, 제가 찾으러 갈게요."

-끊는다.

달칵.

통화를 끝낸 민호의 앞으로 오소라가 걸어왔다.

"오빠, 정말 괜찮은 거죠?"

"응."

민호는 얼얼한 뺨을 쓰다듬으며 웃었다.

"너 손 되게 맵다. 정신 번쩍 났어."

"아버님께서 힘껏 때리라고 하셔서."

"누가 보면 내가 너한테 뭘 하려다 뺨 맞은 줄 알겠네. 아무튼 고마워. 벌써 저녁이네. 마을 회관에 모이기로 했지? 가자."

이렇게 된 이상 오늘 발견한 애장품을 하나하나 세밀하게 활용하는 방식으로 바꿔야겠다고 생각한 민호가 등을 돌려 걸어가려던 그때였다.

"오빠."

오소라가 민호의 옷깃을 붙잡았다.

"응?"

"뺨 맞은 김에 뭐라도 좀 해요. 여기서."

도발적인 오소라의 눈길에 민호는 순간 당황에 빠졌다.

'얘가 갑자기 왜 이래?'

집들이 때도 그러더니, 과감하게 매력을 어필해 오는 오소라 때문에 민호의 입가에 어색한 미소가 걸렸다. 애인이 생기기 전이었다면 요원의 반지라도 착용하고 바람둥이를 가장해 쿨하게 대응할 수 있었겠지만, 지금은 달랐다.

머뭇거리는 민호에게 오소라가 바짝 다가섰다.

"또또 그 표정."

"뭐가?"

"저 오빠한테 실수한 거 있어요? 자꾸 거리를 두려고 하는 게 이상해요. 전에는 안 그랬잖아요."

"무슨! 전우한테 거리를 두다니."

"이봐, 이봐. 전우 소리할 줄 알았어."

오소라가 민호의 얼굴을 이리저리 살폈다.

"오빠, 막 취향이 남다르다거나 그런 거 아니죠? 저번에 보니 진큐 씨랑 엄청 친하던데."

"얌마!"

"그렇잖아요. 앞에서 이만큼 해주고 그동안 오고간 게 있으면, 뭔가 반응이 있어야 할 거 아녜요? 목석처럼. 벌써 두 번이나 했는데도 눈치도 못 채고."

이 말에 민호의 귀가 쫑긋했다.

"두 번?"

"그런 게 있어요. 암튼, 여기서 확실히 말해줘요. 저 매력

없어요?"

"있지. 우리나라 최고의 아이돌 중 하나인데."

"그런데 왜!"

당장에라도 민호를 한 대 칠 것 같은 분위기로 변한 오소라는 '어휴!' 하고 숨을 내뱉더니 말했다.

"그거 알아요? 저 오빠 무지 좋아해요."

무슨 바람이 불었는지 갑자기 진심을 털어놓는 그녀.

"소라야……."

덩달아 민호의 표정에도 웃음기가 사라졌다. 스캔들이 두렵다지만 누군가와 사귀는 것을 밝히지 않고서는 제대로 이해시키지 못하리라는 판단에 민호는 진지하게 운을 뗐다.

"나 사귀는 사람 있어."

"네?"

오소라의 눈이 휘둥그레졌다.

"누군데요?"

"그것까지는 밝힐 수 없고. 소라 네 매력은 철철 흘러 넘쳐. 절대 내 취향이 이상해서가 아니라, 나는 이미 좋아하는 사람이 있으니까……."

"이설이요? 아니지, 그랬다면 감추지 못했겠지. 설마 은하?"

대뜸 물어오는 오소라의 감은 날카로웠다. 더불어 서은하와 기존에 친분까지 있었다.

민호는 최대한 포커페이스를 유지한 채 알려줄 수 없다는 태도를 고수했다. 어쨌거나 고백해 온 상대를 거절한 입장이었기에 미안한 마음에 위로의 말이라도 건네려던 민호는 오소라의 전투적인 눈빛을 마주하고 멈칫해야 했다.

"그래서요?"

"응?"

"했어요? 그 이름을 밝히지 못하는 여친이랑?"

민호는 헛기침이 나오다 못해 목에 걸려 사레가 들려 버렸다.

"크흠. 애가 무슨 소리를 하는 거야."

"오빠가 지금 머릿속에서 상상하고 있는 그 소리요."

"떽! 아무리 친하다지만 할 소리가 있고 못할 소리가 있지."

"오빠야말로 고리타분하게. 남녀 사이란 건요, 생각보다 복잡하지 않아요. 좋으면 좋은 거고, 싫으면 싫은 거고. 중간이란 건 대게 존재할 수가 없죠."

오소라는 민호를 물끄러미 보며 말했다.

"저는 오빠에 대한 감정 쉽게 사라질 것 같지 않고, 오빠도 그 비밀 여자친구랑 깊게 가진 않았고. 그러니까……."

상처를 주면서까지 더 확실한 선을 그어야 하나 고민하던 민호는 시선을 내렸다가 핏기가 보이지 않을 정도로 주먹을 꽉 쥐고 있는 그녀의 모습을 발견했다. 그리고 그 순간 할 말을 잃고 말았다.

도발적인 말을 건네오는 것과는 달리, 그녀는 무척 당황하고 있는 듯했다.

"……지금 하려는 말. 지금 말고 나중에 해줘요, 오빠. 전 우한테 그 정도는 해줄 수 있잖아요."

"알았어."

고백은 마음의 표현이자 시작이다. 그랬기에 서은하가 마음을 전해 왔을 때 단번에 붙잡지 않았던가. 민호는 거절해서 미안하다는 말 대신에 잠자코 있는 것으로 부디 오소라에게 위로가 되길 바랐다.

등을 휙 돌린 오소라가 중얼거렸다.

"이럴 줄 알았으면 미술관에서 확 저질러 버렸어야 하는 건데."

'미술관에서 무슨 일이 있었나?' 하고 턱을 긁적이던 민호는 저 멀리 배터리를 가지러 갔던 VJ가 돌아오는 것을 발견했다.

"죄송합니다, 민호 씨! 제가 많이 늦었죠?"

VJ가 달려오는 사이, 오소라는 터벅터벅 마을회관 쪽으로 걸어 나갔다.

민호는 같이 갈까 하다가 그만두었다. 이런 상황에 필요한 처방은 차분히 생각을 정리할 시간이란 생각이 들어서였다.

[11월 7일. 18시 32분. 테이크 10-3]

"저녁 대결 들어가겠습니다."

스태프의 외침과 함께 슬레이트가 '착!' 닫혔다.

마을회관 거실에 둘러앉은 걸세븐은 잠시 후에 방문할 어르신들을 위한 음식 준비에 한창이었다.

"민호 씨, 정말 참여 안 하실 건가요?"

나 PD가 회관 구석에 고고히 앉아 책을 읽고 있는 민호에게 물었다. 핀셋을 만지작거리며 '곤충의 비밀'을 뒤적거리던 민호가 고개를 돌렸다.

"저 음식 잘 못해요. 제가 하면 어르신들 화내실걸요?"

"녹두전 하나로 마을 잔치 벌이셨던 분이 무슨. 그러지 말고요. 제가 사과 드렸잖아요. 이제 그만 화 푸시고, 청춘일지 한 번만 도와주세요. 또 무릎 꿇을까요?"

애절한 나 PD의 음성이 한동안 계속됐다.

민호가 박사를 방문할 때마다 메인 카메라를 배치해 소위 말하는 뽕을 뽑는 나 PD의 욕심은 끝이 없었다. 장면들은 좋았으나 올해 최고 예능 시청률까지 넘보기 위해서는 아직 큰

거 한방이 부족했다.

"민호 씨, 한 번만요."

보통은 자신의 주가가 오른다고 생각하면 인기예능에 눈에 불을 켜고 참여하게 마련이나, 민호는 이런 면에서는 칼같았다. 정말 달인의 조건 기획자와 출연자로서 온종일 취재만 한 것이다.

"이번에 출연하시면 다시는 청춘일지 얘기도 안 꺼냅니다."

포기를 모르는 남자 나 PD의 끈질긴 부탁에 귀찮음을 느낀 민호가 고개를 돌렸다.

"알겠어요, 그럼. 이따 어르신들 오시면 그때 조금만……."

말을 하던 도중, 민호는 음식재료가 잔뜩 늘어서 있는 거실을 흘깃 보았다. 다른 걸세븐 멤버는 신나서 음식을 하는 반면, 오소라는 멍한 표정으로 부추를 써는 중이었다. 부추를 베는 건지 허공을 베는 건지 모를 만큼 넋이 나간 얼굴.

'저러다 손 베겠어.'

아무래도 아까의 대화 때문이라는 생각에 민호는 책을 내려놓고 의자에서 일어났다.

"준비 잠깐 도와줄게요. 소개 그런 거 없이 바로 투입해도 되죠? 어차피 아침부터 촬영은 다 했으니."

"당연하죠!"

나 PD의 얼굴이 환해졌다.

거실로 걸어온 민호가 오소라가 손에 쥐고 있던 칼을 빼앗았다.

"얌마, 위험하게 뭐 하는 거야?"

"오빠⋯⋯."

카메라가 돌고 있기 때문인지 오소라는 가라앉았던 분위기를 금세 털어내고 말했다.

"부추전 만드는 중이에요. 전은 웬만하면 실패 안 하잖아요."

"너처럼 멍 때리고 만들면 무조건 실패야."

민호는 게임단 숙소에서 멋모르고 녹두전을 시도했다가 음식쓰레기만 늘렸던 기억을 떠올렸다.

"저 이래 봬도 요리 좀 하거든요?"

"그 조금 하는 실력, 얼마인지 맛으로 입증해 봐."

"기다려 봐요. 아주 깜~짝 놀랄 테니."

다행히 얼굴에 다시 생기가 돌긴 했으나 그것이 기운을 차린 척하는 것만 같아 민호는 쉽게 자리를 뜨지 못했다.

"왜요? 오빠도 하나 하게요?"

오소라 때문이라는 말은 못 하고, 민호는 옆쪽에 있는 재료를 가리키며 말했다.

"어르신들 대접하는 거니 도와야지. 오늘 재밌는 분들 많이 뵀거든. 밑반찬으로 김치나 좀 볶을까?"

"아무리 잘못해도 실패 안 하는 반찬?"

"응."

"치."

민호가 손을 씻고 오소라 옆에 자리하는 동안, 작가들과 상의를 끝낸 나 PD가 출연진들에게 말했다.

"잠시만! 요리하시면서 들으세요."

걸세븐이 나 PD에게 시선을 돌렸다.

"지금부터 내일 있을 인터넷 방송 테스트 송출을 시작합니다. 이 앞에 화면 보이시죠? 시청자들이 들어오면 실시간으로 채팅이 보일 겁니다. 이걸 보면서 연습해 보세요."

민호는 이 말에 스태프들 사이에 있는 대형 모니터로 시선을 돌렸다.

【박사마을에 간 걸세븐! 저녁 요리 대결!】

눈에 익은 인터넷 방송 프로그램이 떠있는 가운데, 게릴라식으로 방 제목을 띄우고 시청자들을 기다리는 중이었다.

이윽고 화면에 채팅이 떠오르기 시삭했다.

-생방이야? 청춘일지 제목 그냥 클릭해 본 건데 대박!

-걸세븐 서면에 있음ㅋㅋ

-우앙, 저녁이당…… 배고팡 ㅠㅠ

순식간에 수십 개의 채팅이 휙휙 지나갔다.

"안녕하세요, 여러분!"

눈치를 살피던 구하연이 재빨리 먼저 인사했다. 걸세븐 멤버 전원이 너 나 할 것 없이 인사하자 채팅창은 순식간에 달아올랐다.

민호는 그 와중에 묵묵히 반죽을 섞고 있는 오소라에게 고개를 돌렸다.

"내일 거랑 연계하려면 더 잘해야겠네. 오늘 방송으로 광고도 될 거 아니야. 내일 1등하면 일찍 퇴근이지?"

"아마 그럴 거예요."

"부추전만으로는 약하지 않을까? 하연이는 제육에 선화는 오리구이 하잖아."

"괜찮아요."

방송 분량을 챙길 의지가 보이지 않는 것은 정말 기운이 없다는 말이었다.

'어쩌지?'

고민하던 민호는 간장소스를 만들기 위해 오소라가 열고 있는 유리병에 시선을 던졌다. 눈에 익은 병이었다.

"소라야. 임달수 박사님 댁에도 갔었어?"

"네. 아무 요리에나 넣으면 맛있다고 생강액 하나 주셨어요. 저 생물박사님, 지리박사님 댁에도 갔었어요."

민호는 자신이 오늘 가장 시간을 많이 보냈던 세 곳을 말하는 오소라와 직접적으로 눈이 마주치자 그도 모르게 고개를 숙이고 회피하게 됐다.

"그……."

어색한 기류. 그러다 목에 걸고 있는 숟가락에 시선이 머물렀다.

"소라야, 잠깐만."

임달수의 애장품, 나무 숟가락을 손에 쥐고 발효액을 쳐다본 민호의 얼굴에 화색이 돌았다.

"그냥 부추전 말고, 약을 좀 더 치자."

"약이요?"

민호가 생강 발효액을 손에 쥐는데, 나 PD가 거실 안을 향해 입을 열었다.

"테스트하는 김에 마을 어르신 한 분을 특별히 먼저 모셔왔습니다. 음식 평론으로 이름난 식품조리학 박사님, 고난지 어르신입니다. 완성되면 이 앞으로 가져오세요."

백발의 머리를 단정히 자른 오십 대 후반의 노인이 나 PD 옆에 섰다.

깜짝 등장임에도 이미 준비하고 있었다는 것이 확 티가 나는 상황이었기에 걸세븐은 크게 당황하지 않았다. 그러나 실시간으로 구경 중인 시청자들에게선 바로 반응이 왔다.

-독설 쩌시게 생겼어.

-걸세븐 클남. 검색해 보니 저 할아버지 장난 아님.

음식 평론가를 비춘 카메라가 쭉 움직여 한차례 거실 안을 비췄다.

-저거 오소라 뒤에 뭐지? 강민호 아니야?

-강민호다! 청춘일지 드디어 출연!!!

-아아. 여기가 강민호의 마을입니까?

실시간 반응을 확인하던 나 PD는 카메라가 민호 쪽을 비추자마자 갑자기 폭주하는 채팅을 보고 웃으며 말했다.

"민호 씨, 시청자들에게 인사 좀 해주세요."

활발하게 뭔가를 만들고 있던 민호가 카메라를 향해 손을 흔들었다.

-강민호라뉘, 이번 주 쩔겠는데? 본방사수각.

-민호 형! 경운기로 드리프트 보여주세요!

민호는 채팅을 흘끔 보고 말했다.

"누구냐? 경운기로는 빙판 아니면 못한다."

-빙판ㅋㅋㅋㅋㅋ 거긴 아무 차나 다 되잖아.

-근데 뭐 만드는 거지?

"소라 씨가 만드는 부추전을 조금 도와주고 있어요."

-녹두전보다 맛있나요?

-님들 율치리표 녹두전 먹어봄? 개맛존맛임.

"맛은 잠시 후에 어르신들이 평가하실 테니 기다려 봐요. 그런데 개맛?"

─민호 형 이해 못 하셨다. 열라 맛있다고요 ㅋㅋㅋ

자연스레 반응하고 시청자들과 소통하는 민호는 인터넷 방송에 무척 익숙해 보였다.

그 광경을 흐뭇하게 지켜보고 있던 나 PD에게 조연출이 '실검에 뜨기 시작했습니다'라는 기분 좋은 소식까지 알려 왔다.

평범한 부추전에서 메밀가루와 발효액을 이용한 임달수만의 '특제 부추 메밀전' 레시피를 떠올린 민호가 오소라에게 말했다.

"부추는 3㎝ 크기로 다시 썰고 홍고추는 다져서 줘."

빠르게 명령을 내리자 오소라가 반사적으로 칼질을 시작했다.

"오징어 다리도 잘게 잘라서, 생강 발효액, 참기름으로 양념해."

"알았어요."

"양념장에는 레몬 발효액을 넣어. 감칠맛이 확 살아날 거야."

"네네."

청춘일지 첫방 때 함께 녹두전을 만들던 기억이 새록새록 떠오르자 어색한 기류는 어느샌가 사라지고, 민호도 오소라도 방송 욕심이 치밀어 오르기 시작했다.

"소라 너 반칙! 민호 오빠 도움받으면 안 되지."

갈비찜에 도전 중인 정효림이 오소라를 손가락질했다. 오소라는 싱긋 웃으며 말했다.

"미안, 벌칙 받지 뭐. 내일 내가 가장 먼저 방송할게."

그냥 시원하게 인정해 버리는 오소라의 대응에 정효림은 꿀 먹은 벙어리가 됐다.

오소라는 양념을 끝낸 오징어 다리를 내밀며 민호에게 조심스레 물었다.

"저어…… 오빠. 내일 방송도 도와줄 수 있어요?"

"응."

"괜히 미안해서 그런 거면……."

"아냐. 내가 재미있어서 그래."

박사를 찾아가 미션에 성공하면 박사 본인도 방송에 출연한다.

민호는 오늘 수많은 애장품에 취해버린 통에 정신줄까지 놓은 터라 현재 들고 있는 애장품 3개와 오소라의 방송이 겹치는 것이 딱 좋다는 생각이 들었다.

차근차근. 한꺼번에 여러 개가 아니라 한두 개씩만 활용하면 체할 이유는 없었다.

"오빠, 제 시간에도 출연해 주세요!"

호시탐탐 끼어들 기회만 노리고 있던 구하연이 곧바로 외쳤다.

"하연이 너는 어디 어디 성공했는데?"

"심리박사님이랑요, 미술박사님이랑⋯⋯."

심리학을 연구하던 박사님의 애장품은 안경이 어울려 빛이 났었다.

"좋아. 도와줄게."

"저도요!"

"선화는 어디 갔었어?"

"명리학박사님이랑⋯⋯."

이쪽은 회중시계와 시너지 있는 애장품을 소유한 박사가 출연한다. 정효림에 윤승지, 민혜리와 배지숙까지.

계속 듣다 보니, 결국 걸세븐의 전 방송에 도우미로 출연해야 할 상황이 찾아왔다.

'음⋯⋯. 별수 없지.'

이렇게 한꺼번에 애장품을 경험할 기회는 많지 않으니까.

민호는 건네받은 오징어 다리에 달걀과 메밀가루를 섞어 다시마육수를 부어 반죽을 만들었다.

"여기. 이거면 될 거야."

"고마워요, 오빠."

오소라가 기름을 두른 팬에 섞은 반죽을 올리자 고소한 냄새가 피어올랐다.

30분 뒤.

걸세븐 전원은 각자 만든 샘플 음식을 탁자에 올려두고 과거 음식 평론가로 활발히 활동했던 박사의 평가를 기다렸다.

접시 앞에선 고난지가 고기를 한 점 입에 물고는 눈살을 찌푸렸다.

"이 오리는 어쩜 이렇게도 신기하게 익혔을까? 하도 거지 같이 안 익어서 날개 퍼덕이는 소리까지 들리잖아."

─고 박사님…… 역시 독설가셨어.

"느끼해. 이 소고기, 기름 걷어낸 거 맞아? 줄줄 흘러서 먹을 수가 없잖아."

─보기에는 멀쩡해 보이는데 맛이 없나 봐.

"비려! 제육에 식용유를 얼마나 뿌린 거야? 이딴 것만 먹으면 우리 마을 산유국 되는 건 일도 아니겠어."

─드립이 찰지셔.

"이 고등어찜은 도로 어항에 넣어 둬. 비늘 라인이 살아 있는 게 퍼덕퍼덕 헤엄 잘 치겠네."

─와놔, 걸세븐 우는 거 아니야?

연이어 격파당하는 통에 실시간으로 보고 있는 시청자들이 쉴 새 없이 'ㅋㅋㅋ'와 '불쌍해'를 남발했다.

그렇게 오소라의 부추 메밀전 차례가 왔다.

─나 이거 기대 중.

─강민호랑 같이 만들었잖아.

메밀전 외곽을 쭉 찢어서 양념장에 찍었다가 입에 문 고난지는 몇 차례 씹어보더니 오소라에게 시선을 돌렸다.

"굽는 게 조금 서툰 느낌이지만 맛은 있군. 양념장도 수준급이고. 재료 선택이 좋아."

─저 정도면 엄청 맛있는 거야.

─침이 넘어간다~

독설이 아니라 칭찬을 남긴 고난지는 바로 옆에 있는 감자전을 입에 물었다가 도로 뱉었다.

"배합도 엉망이고 제대로 갈지도 않았어. 이 감자는 도로 땅에 심어! 뿌리내리는 소리가 벌써 들리잖아."

【테스트 방송 종료. 여러분, 내일 본방을 기대해 주세요!】

평가 후에 마을 어르신들이 하나둘 회관을 찾았다.

가장 좋은 평을 받은 오소라는 잔치 내내 민호와 함께 전을 부쳤고, 그래도 먹을 만은 하다는 평을 받은 음식들도 함께 만들어졌다.

그렇게 밤 10시가 찾아왔다.

마을회관의 정리를 끝내고, 걸세븐은 이곳에서 잠을 자기 위한 준비를 시작했으나 남자인 민호는 다른 잘 곳을 찾아야 했다.

"빈방? 있으니 걱정 말고 와."

끝까지 남아 행사를 도운 박사마을의 이장 정철수의 말에 민호는 백팩을 어깨에 걸고 뒤를 따랐다.

"민호 씨, 오늘 수고 많으셨어요. 푹 쉬고. 내일 잘 부탁해요."

나 PD가 회관의 앞마당까지 민호를 배웅하며 깍듯이 모셨다. 금요일 저녁 8시, 황금시간대에 실검에 노출된 것에는 민호의 역할이 지대했다.

"PD님도 고생하셨어요."

"제 고생은 아무것도 아닙니다. 까짓것 계속 고생해도 좋으니 민호 씨가 출연만 해주신다면야……."

"저는 PD님이나 스태프분이 계속 고생하는 게 좀 그래서요. 절대로 마음만 받을게요."

"하하."

인사를 끝낸 뒤 이장님의 뒤를 따라가던 민호는 'ㄱ' 자 형태의 시골집에 가까워지자 손가락에 있는 반지가 서서히 빛을 내는 것을 발견했다.

'시너지? 여긴 박사님 댁이 아닌 걸로 아는데…….'

고개를 두리번거리는 민호에게 이장이 말했다.

"저 옆방 비어 있어. 씻는 건 안쪽에서 하고. 보일러 한참 틀어 놨으니 뜨신 물 나올 거야."

"감사합니다, 이장님."

"감사는 무슨, 노는 방인데. 아까 전은 맛나게 먹었어. 꼭 임씨네 음식 같더구만."

"임 박사님 특제 발효액을 좀 넣었어요."

"그래? 어쩐지. 임씨는 다 좋은데 그 좋은 실력으로 술도 좀 담그라고 해도 듣질 않아."

민호는 그제야 이장의 얼굴이 임달수의 추억에서 본 그 얼굴임을 깨달았다. 덩달아 친근한 느낌이 들어 애장품이 있을 법한 곳을 물어보려는데 이장이 먼저 손을 탁 치며 말했다.

"서울서 왔으니 콤퓨타 좀 할 줄 알지?"

"컴퓨터요?"

"그 뭐시냐. 인터넷으로 마을 어르신들 생계지원비 추가 신청해야 할 게 있는데 엄청시리 복잡해서. 면사무소 사람을 주말에 부르기도 그렇고."

나이 지긋한 어른에게 IT기기란 쉽지 않은 도구였다. 민호는 고개를 끄덕이며 말했다.

"제가 신청해 드릴게요."

"그래 줄 수 있나? 고마워."

민호는 컴퓨터가 있는 이장의 방에 들어섰다. 구석의 책상에 이미 컴퓨터가 놓여 있었으나 한쪽에 보자기로 싸여 있는 컴퓨터 형태의 기계도 있었다.

'빙고!'

보자기 안쪽에서 흐릿하지만 빛이 새어 나오는 것을 본 민호가 물었다.

"이장님, 저건 뭐죠?"

"민씨네서 가져온 건데, 한창 잘 쓰다가 먹통이 되어 버렸어. 고물상에 넘기려고 싸놨지."

민호의 눈이 번뜩였다. 잘하면 일 도와드리고 공짜로 애장품을 얻어낼 수 있을지 모르겠다. 그러기 위해서는 인터넷 신청부터 깔끔하게 끝내야겠지.

컴퓨터를 켠 민호는 곧바로 강원도 도청 사이트에 접속했다. 이장이 서랍에서 꼬깃한 메모지를 꺼내 민호에게 내밀었다.

"이거 다 입력하라고 하더군. 예전에는 전화로 다 했는데 하여튼 일이 많아졌어."

메모지에는 마을에서 혼자 지내기 어려운 어르신들의 신상정보가 담겨 있었다.

타다다닥.

빠르게 타자를 놀려 입력을 끝마친 민호는 전송 버튼을 눌렀다. 화면이 깜박이며 잠시만 기다려 달라는 메시지가 나왔다.

그리고······.

[액티브 X 설치를 위해 모든 인터넷 창을 닫으시겠습니까?]

'컥.'

입력했던 정보가 한방에 날아가 버리고, 설치 화면이 시작됐다. 보자기는 열어보고 싶고, 도청 사이트는 버벅이고. 한참을 노력한 끝에야 겨우 전송을 끝마칠 수 있었다.

"휴, 다 된 것 같아요."

"역시 서울사람이라 빨라. 식혜 들겠어?"

"잘 먹겠습니다."

이장이 건네준 컵을 손에 쥔 민호는 넌지시 입을 열었다.

"이장님, 저 고물 제가 가져가도 될까요? 고물 가격은 배로 쳐 드릴게요."

"저걸? 됐어. 얼마나 한다고. 근데 무거울 텐데."

"괜찮아요."

내일은 공 매니저가 올 테니 신고 가는 건 문제 없었다.

"으, 무거워."

뜻밖의 수확을 안고 잠을 청할 빈방에 들어선 민호는 끙끙거리며 보자기를 내려놓았다. 기대감을 안고 보자기를 풀어 보니 '알라딘 386dx'라는 모델명이 적힌 구형 PC의 본체와 모니터, 키보드가 모습을 드러냈다.

"한 2, 30년은 된 거 같네."

빛이 나고 있는 건 키보드뿐이었기에 민호는 슬쩍 건드려 보았다.

'응?'

그러나 빛이 흡수되지 않았다.

"유품이었어?"

요원이 활동했던 시기에 사용하던 키보드. 그것도 유품이라는 것에 민호는 가슴이 뛰는 것을 느꼈다.

번개같이 씻은 후, 이장님이 편하게 입으라고 준 '방동1리' 단체맞춤 추리닝을 입은 민호는 낡은 키보드를 품에 안고 오랜만에 유품의 꿈속으로 가기 위한 준비를 끝마쳤다.

'취화정 한 방울~'

콧노래를 부르며 호리병을 열어 입에 털어 넣는데 혀끝에서 취화정의 씁쓸함이 아니라 달달함이 느껴졌다. 다시 입에 머금고 보니 오전에 마셨던 발효액 세트의 맛이었다.

"왜 이러지? 임 박사님꺼 효과가 끝났을 텐데."

호리병을 흔들어 보던 민호는 안에서 풍기는 향이 점차 취화정의 누룩냄새로 바뀌어 가는 것을 느끼고 설마 해서 계속 흔들어 보았다. 이번에는 발효액의 향긋한 향이 올라왔다.

"효과가 각인이라도 된 건가?"

민호는 발효액을 한 모금 꿀꺽 삼켰다. 머리가 개운해지며 잘 시간이 되어 몰려왔던 졸음이 일거에 가시는 기분이 들었다. 취화정처럼 몸에 그 효과가 실제로 발휘되는 것은 확실했다.

'모과가 피로회복에 좋다니 아마 배합된 것마다 효과가 있을 거야.'

스태미나에 좋다는 마늘 발효액 성분 때문인지 몸이 달아오르는 것을 느낀 민호는 긴 밤을 불끈거리며 지새울 수는 없기에 다시 호리병을 흔들었다.

취화정 한 방울에 곧 깊은 잠 속에 빠져들었다.

57.
청춘의 달인TV (3)

시골의 아침은 라디오의 잔잔한 소리와 함께 깨어나던 강남의 오피스텔과는 사뭇 달랐다.

꼬끼오—

민호는 이장님이 키우는 닭들의 우렁찬 울음소리와 함께 번쩍 눈을 떴다. 창문 틈을 파고드는 새벽녘의 쌀쌀한 공기에 이불 대신 끌어안고 있던 키보드를 옆으로 내리고 뜨끈한 방바닥 쪽으로 몸을 굴렸다.

유품이 주인, 과기원의 해커그룹 창시자 민석규 박사의 시험은 기본적인 컴퓨터 활용 능력을 테스트하는 것이었다.

'DOS'라는 익숙지 않은 운영체제는 윈도우의 명령 프롬프트를 몇 번 써봐서 어떻게 넘어갔는데, 정작 키보드 테스트가 골치 아팠다.

'베네치아를 겨우 구했어.'

산성비 단어가 하늘에서 떨어져 내리는 도시를 구하기 위해 쉴 새 없이 타자를 놀려야 하는 '한메 타자교사'라는 프로그램. 그 최종단계는 분당 타속 600인 민호조차 쉽지 않았다.

밤샌 도전 끝에 1등에 점수를 올리고 나서야 시험에 통과할 수 있었다.

"그나저나 너무 옛날 프로그램들이야. 요즘에도 쓸모가 있을까?"

함께 가져온 본체는 이미 망가졌기에 테스트하기도 어려웠다. 다행히 오늘 촬영 내내 PC를 앞에 두고 인터넷 방송을 하니 써볼 기회는 많을 터.

민호는 기합과 함께 자리에서 일어났다.

'참.'

회중시계를 들고 어제 하루 동안 얼마나 활용 능력이 올랐는지 테스트해 보았다. 4분 45초. 박사마을을 방문하기 전까지 고려하면 무려 30초가량이 증가했다.

잘하면 오늘 5분을 돌파할 수 있겠다는 생각에 민호의 기분은 더없이 즐거워졌다.

【'청춘일지' 실시간 방송 도전, 나 PD '그'의 합류로 자신감 불태워】

【실검의 제왕, 과연 오늘도?】

타닥타닥.

웹서핑 중이던 진큐의 손이 바빠졌다.

─[스눕진규] 제왕은 무슨. 지난주 청춘일지 나와서 밥만 먹고 간 게스트도 실검 1위 했고만!

강민호의 기사에 댓글을 달고 엔터를 누른 진큐는 비공감만 순식간에 10개가 찍히는 것을 보고 고개를 흔들었다.

"애는 안티도 별로 없어."

그렇게 한숨을 쉬며 댓글을 살피던 진큐의 눈이 갑자기 커졌다. 비공감이 무려 320개나 찍힌 댓글이 눈에 보인 것이다.

─[십장생민호] 박사마을 간 것부터가 노림수가 있는 거지. 강민호 띄워 주겠다는 거 아니야? 100% 짜고 대본대로 할 거 뻔한데. 이런 거 보느니 교육방송을 보겠다. 공감 15 / 비공감 320

"짜고 해? 이 자식은 강민호를 보지도 않았으면서. 조작이면 내가 그렇게 발렸겠냐!"

진큐는 아무리 그래도 사실을 날조하는 건 별로라는 생각에 바로 댓글을 달았다.

─[스눕진규] 십장생님. 더 스쿨 안 봄? 문과시간이야 그렇다 쳐도 화학시간에 손수 폭죽 만들어서 대박 냈잖아. 축구 할 때는 야신 버금가는 활약까지 했고. 프로듀싱 능력이야 앨범 판매로 입증…… 암튼! 뻘소리는 일기장에.

쓰다 보니 강민호 칭찬만 늘어놓는 것 같아 말을 줄였다.

─[십장생민호] 지인이네.

답댓글이 바로 달려 진큐는 코웃음을 쳤다.

"지인은 무슨. 사실을 말한 것도 지인이냐?"

─[십장생민호] 가만있자. IP가 강남 쪽인데. 이 주소에 사는 건 누굴까? 한번 찾아봐?

"놀고 있네."

─[십장생민호] 진큐. ……맞지?

"어어?!"

소름이 돋은 진큐는 얼른 방금 단 댓글들을 모두 삭제했다.

"뭐야, 이 자식? 어떻게 단박에 날 찾았지?"

인터넷상에는 확실히 별별 놈이 많았다. 진큐는 고개를 흔들고 아침을 먹기 위해 노트북을 껐다.

"민호 씨, 벌써 기사 장난 아닌 거 아세요?"

아침부터 이장님댁 앞으로 찾아온 나 PD의 얼굴은 싱글 벙글이었다. 마루에 앉아 수건으로 젖은 머리를 털어내고 있던 민호는 오늘 박사마을 애장품을 확실히 활용해야겠다는 생각에 물었다.

"인터넷 방송에 박사님들 출연하시는 거 맞죠?"

"그럼요."

"어제 걸세븐과 한 약속도 있고, 제가 방송마다 조금씩 도와줘도 될까요?"

"당연하죠!"

"대신에 제 개인으로 쓸 PC 하나만 세팅해 주세요."

나 PD의 표정이 환해졌다.

"민호 씨. 절대 청춘일지 참여 안 하시겠다더니 갑자기 마음이 바뀌신 이유라도 있나요?"

"오늘은 방송 위주지 농사가 아니잖아요."

"그렇다면 앞으로 농사 안 할 때는 언제든 출연 콜? 출연료는 따따불!"

"정중히 거절하겠습니다. 우리 달인의 조건이나 잘 만들어요."

철벽같은 방어에 한발 물러난 나 PD는 민호가 뭔가 관심 거리를 찾았다는 생각에 그것을 더 띄워 주기 위한 계획을 머릿속으로 궁리하기 시작했다.

오전 11시가 되자 마을회관 한쪽에 개인방송 스튜디오가 세팅됐다.

【청춘일지 걸세븐 실시간 방송 : 오소라】

제목을 달고 방송 준비 중인 화면을 송출하자마자 서버에 사람들이 몰려들어 접속을 시도했다.

하얀 가운의 박사님 콘셉트로 차려입고 회관에 나타난 오 소라는 함께 출연해 줄 박사님 세 분께 시선을 던졌다. 회관 의 대기석에 앉아 있는 저들은 지구과학과 발효공학과 생물 학을 전공하신 분들이었다.

각자 20분씩. 총 1시간의 방송에서 시청자들을 호응을 얼 마나 이끌어 내는지가 다음 주 방송 분량을 확보할 관건이 었다.

'첫타자라 진행 잘해야 할 텐데.'

오소라는 민호를 흘끔 바라봤다. 도우미로 참여하기로 한 그는 뒤편의 의자에 앉아서 마치 스태프인 것마냥 혼자 무언 가에 열중하고 있었다. 자세히 살펴보니 이장님 댁에서 가져 왔다던 키보드를 열심히 닦고 있었다.

미술관에서도 영문 모를 행동을 한 민호가 관장에게 엄청난 감사를 받았다는 것을 알고 있었지만, 저 키보드로 뭘 할지는 도무지 예상이 가지 않았다.

"소라 씨, 준비하세요. 3분 뒤에 들어갑니다."

조연출의 음성에 오소라는 스튜디오 한가운데 자리를 잡았다. 시청자들과 대화할 수 있는 모니터에 붙어 있는 카메라를 지켜보며 조용히 심호흡했다.

"숏 들어갑니다. 10초. 5초!"

준비 중이던 송출화면에 'On-air'의 불이 밝혀졌다.

"안녕하세요, 여러분."

오소라가 카메라를 향해 손을 흔들었다.

─가운 입었는데도 섹시해요!

─소라 누나는 풀 메이크업이 진리지. 쌩얼 노노!

─뭘 모르네. 오소라 실제 얼굴 무지 청순해.

토요일 아침의 한적한 시간임에도 인터넷 방송을 시청하는 인원은 상당했다.

순식간에 대화가 지나가는 채팅창을 보며 오소라는 어제 민호가 했던 것을 떠올려 보았다. 전부 보고 대답한 것은 아니고, 그중 하나를 찍어서 편안하게 대화하는 모습이 인상적이었다.

"쌩얼? 여자는요 화장 다 하고, 머리하고, 옷과 구두 싹 세팅한 다음이 본래 얼굴이에요."

오소라는 모니터에서 물러나 아침부터 신경 써서 세팅한 메이크업을 확실하게 보여주었다.

"덧붙여서 얼짱 각도로 셀카를 찍었을 때 모습이 진정한 저죠."

─누나! 지난주 율치리에서 눈 팅팅 부어서 일어난 거는요?

"그거 저 아니에요. 대역, 대역."

─현실부정.

─자아부정.

채팅창에 'ㅋㅋㅋ'로 난리가 났을 무렵, 오소라는 대기석 쪽을 가리키며 말했다.

"저희 걸세븐이 이번 주에는 박사마을 탐방을 왔거든요. 같은 시골인데 율치리 어르신들이랑 너무 다른 거 있죠? 제 시간에는 박사님 세분과 함께할 거예요."

오소라가 짜리몽땅한 키의 한 중년 남자를 손으로 가리켰다.

"먼저 지구과학의 이석규 박사님을 이 자리로 모셔 신기하고 재밌는 과학 상식에 대해 들어 보겠습니다. 어서 오세요!"

오소라의 옆에 선 이석규가 가장 처음 꺼낸 화두는 SF영화에서 흔하게 볼 수 있는 전 인류가 지구를 떠나야 하는 상황에 대한 이야기였다.

"전통적인 방식의 로켓연료를 이용해 지구의 중력을 극복하려면 우주선 1톤당 20에서 50톤 사이의 연료가 필요합니다. 인류 전체의 무게는 대략 4억 톤이니 수십조 톤의 연료가 필요하겠죠."

"그게 가능해요?"

"모든 석유 매장량을 쪽쪽 뽑아 만들면요."

−인공위성에 원심력만으로 탄소나노튜브를 걸어 우주 엘리베이터를 만들면 돼.

−핵 펄스 추진 몰라? 발밑에 핵폭발을 일으켜 그 충격파로 올라가는 거지. 보호막만 잘 설계하면 산산조각나지 않고 날아갈 수 있어. 실제로 60년에 미 정부가 '오리온 프로젝트'로 시도를……

−이런 설명충들. 박사님 말 좀 듣−재!

활기를 띠던 채팅창은 과학에 그다지 흥미가 없는 시청자들이 발길을 돌리며 채팅 속도가 점차 느려지기 시작했다.

오소라는 자신이 이석규 박사와 대화해야 하는데, 주제에 전혀 끼어들지 못한 것이 크다는 사실을 직감했다.

'쌍방향 소통이 필요해.'

자신이 이해해야 채팅창에 과학지식 충만한 시청자들의 의견에 맞장구칠 텐데 전혀 그러지 못하고 있었다.

"역시, 이런 대화는 똑똑한 그분이 와야 가능할 것 같네요.

−그분?

스튜디오를 비추던 카메라 한 대가 옆으로 움직였다. 구석에 앉아 PC에 키보드를 꽂고 있는 민호의 모습이 잡혔다.

－강민호다. ㅋㅋㅋㅋ

－뭐 하는 거지? 설마 펜타스톰 갠방 여나?

"민호 오빠."

오소라의 부름에 민호가 고개를 돌렸다. 이석규가 있는 것을 본 민호의 눈이 반짝였다.

"저희 대담에 참여해 주실 수 있나요?"

고개를 끄덕인 민호는 백팩에서 육분의를 꺼내 이석규에게 가져갔다.

"재밌게 잘 썼어요, 박사님."

"어, 민호 군."

"위도경도가 구식인데도 정확히 나오더라고요."

"예전에는 GPS같은 게 흔치 않았거든."

애장품을 하도 만지고 다녀 쓰러진 까닭에 여운이 사라질 때까지 다른 애장품은 전혀 만지지 않았다. 민호는 다시 육분의를 손에 쥐자 지구의 현상에 대해 궁금증을 느끼는 학자의 마음이 되돌아오는 것을 느꼈다.

"무슨 대화 중이셨어요?"

"영화에서 나온 이론이나 현상을 과학적으로 풀어서 설명 중이었네."

"아."

그사이 오소라가 다음 주제에 관한 물음을 던졌다.

"여러분 스타워즈 아시죠? 요다가 발휘하는 포스의 실제 출력은 얼마나 될까요?"

"민호 군."

이 박사의 부름에 민호가 고개를 돌렸다. 이 박사가 웃으며 물었다.

"한번 대답해 보겠나?"

"제가요?"

"어제 본 바로는 충분히 가능할 것 같은데 말이야."

제작진이 미리 준비해 둔 스타워즈 영화 속 한 장면이 흘러나왔다.

−우주의 의지는 측정할 수 없습니다. 무한대니까요.

−포스가 함께 하기를.

온갖 스타워즈 매니아들이 채팅창에 난입했다. 그중에는 요다의 내공이 '오갑자'니 '무형강기'의 종류니를 주상하는 인원까지 나왔다.

민호는 육분의를 슬쩍 건드리고 말했다.

"늪에 빠진 루크의 전투기 '엑스윙'을 요다가 포스로 들어 올리네요. 일정 높이까지 물건을 들어 올리는 데 드는 에너지는 질량 곱하기 중력 곱하기 들어 올린 높이입니다. 엑스윙의 길이가 대략 13미터고, 19미터 길이의 F-22가 20톤 정도니까 대략 5톤이라는 계산이 나옵니다."

―길이에 비례해 무게를 줄이면 그 정도 맞아.

"그다음으로 요다가 엑스윙을 들어 올린 높이를 알아야 하는데……."

―내가 계산함. 엑스윙이 물 밖으로 나온 시간이 3.5초. 지지대 길이가 1.4미터라 올라가는 속도는 초속 0.4미터야!

"오케이. 높이 대신 속도도 괜찮아요. 그리고 저 행성이 지구와 중력이 똑같나요?"

―대고바 행성의 표면 중력은 0.9g예요!

스타워즈 매니아들의 적절한 등장에 민호는 엄지를 들어 보이며 말을 이었다.

"답이 나왔네요. '5,000kg, 0.9g, 0.4㎧'를 모두 곱하면 1,800. 대략 18킬로와트 정도의 출력을 포스로 발휘했다고 계산할 수 있어요. 이 정도면 에어컨 다섯 대를 풀로 쌩쌩 돌릴 수 있는 용량입니다."

단박에 계산하자 채팅창에 '오오!', '갓민호!' 하는 글들이 오갔다. 이 박사도 만족한 표정으로 고개를 끄덕이며 마지막에 덧붙였다.

"누진세 빼고, 요다는 시간당 천칠백 원 정도의 정격출력을 갖고 있다고 볼 수 있네요."

─제다이 파워 강제 전기요금행.

─마스터 요다 발전소로 보내 버려!

오소라는 채팅창을 보며 놀랐다. 같은 과학적 이야기를 함에도 자신이 이 박사와 대화를 나눌 때와 민호가 할 때 반응 차이는 극명했다.

이것이 인지도의 힘이라 느끼고, 다음 차례인 생물학 박사와 발효공학 박사의 순서에도 꼭 민호의 도움을 받아야겠다고 생각했다.

청춘일지의 색다른 포맷 도전은 순탄하게 이어졌다.

촬영 내내 실시간 검색어 순위를 유심히 체크하고 있던 나 PD는 오소라에 이어 정효림과 윤승지까지 계속해서 실검 1위를 마크하는 것을 보고 대만족했다.

그 비결은 실검 2위에만 몇 시간째 올라 있는 도우미 '갓민호'의 활약이 컸다.

출연한 거의 모든 박사와 수준 높은 의사소통이 가능하다는 것. 은퇴해 농촌에서 유유자적 지내고 있는 박사들의 입담에 강민호의 유연한 대처가 더해지자 방송 시너지는 상상을 초월했다.

발효공학으로 만든 양념으로 색다른 집밥요리를 만든다거나 현미경으로 일상에서 흔히 접할 수 있는 곤충을 자세히 들여다보며 토크를 하는 건, 보통의 예능에서는 시도조차 하지 못한 것들이었다.

네 번째 차례인 구하연이 준비하는 동안, 나 PD는 민호가 무엇을 하고 있나 돌아보았다.

"민호 씨 종일 컴퓨터 앞에만 앉아 있어. 뭐 하는 걸까? 펜타스톰?"

나 PD의 물음에 뒤에서 살짝 염탐하고 온 김 작가 입을 가리고 말했다.

"화면은 이상한 프로그램 창을 띄워놓긴 했는데, 인터넷으로 대화하는 것 같았어요."

"대화?"

"누구랑 하는지는 모르겠어요. 전문용어가 막 나와서. IT 쪽 사람인 것 같은데."

"PC 하나 세팅해 달라던 게 다른 일 때문이었나 보네."

"그러게요."

현역 학생인 구하연이 교복을 입은 채 스튜디오 안에 서서 기다리고 있던 때였다. 인터넷 방송 송출화면을 조작하는 기술 팀의 권상현이 심각해진 안색으로 벌떡 일어섰다.

"나 PD님! 서버가 터졌습니다!"

"뭐?"

제작 스태프의 눈과 귀가 일순간 기술 팀을 향했다.

민호는 모니터 속 프로그래밍 언어를 보며 신기한 기분을 느끼고 있었다. 기계어의 구조는 비슷해도 예전 컴퓨터 환경과는 차원이 달라진 터라 처음에는 적응을 못 했었다.

그러나 한참을 들여다보니, 분명 복잡한 소스코드인데 그것이 한글을 읽는 것처럼 머릿속에 쏙쏙 들어와 박히기 시작했다.

코드를 다 짜고서도 개발자가 직접 리버싱해 루틴을 수정해야 하던 시절. 무한루프를 돌릴 때 'for'가 빠르냐 'while'이 빠르냐를 두고 논쟁을 벌이던 키보드의 주인은 새로운 세계를 접하자 물 만난 물고기마냥 민호가 쉴 틈 없이 키보드를 두드리게 만들었다.

'슬슬 연동효과를 한번 확인해 볼까?'

반지를 만지작거리며 기대감이 섞인 눈으로 모니터를 바라보고 있는데, 뒤에서 급하게 다가오는 발걸음 소리를 들었다.

"민호 씨, 촬영을 쉬었다가 가야 할 것 같아요."

나 PD였다. 민호가 의아한 기색으로 물었다.

"하연이 방송 바로 시작 아니었어요?"

"서버가 나갔거든요."

민호는 기술 팀 스태프들이 몰려 있는 곳을 쳐다보며 물었다.

"사람이 많이 몰렸나 봐요? 언제쯤 해결된대요?"

"그건 모르겠어요. 엔지니어가 팟TV 쪽에 얘기해 봤더니 하는 말이, 이게 시청자들이 몰려서 그런 게 아닌 거 같다고 하네요. 저희 쪽 메인 컴퓨터에 부하가 걸려서 그렇다고."

나 PD는 한창 잘나가던 방송이 제동이 걸린 것에 무척 아쉬운 눈치였다.

"알겠어요."

민호는 고개를 끄덕이고 다시 모니터에 시선을 돌렸다가 번뜩이는 생각 하나에 키보드 자판에 손을 올렸다.

최신 인터넷 브라우저가 아닌 구식의 브라우저로 접속한 것은 'ARPAnet'이라는 미 국방성의 오래된 패킷 스위칭 네트워크였다.

'암호화 회선이 유지되고 있네.'

반지를 만졌기 때문인지 접속하는 방법이 무척 익숙했다.

전화선으로 통신하던 시절의 유물이라 할 수 있는 이곳은 아직 유지는 되고 있어도 실제 할 수 있는 일은 아무것도 없었다.

타다닥.

키보드 위의 손가락이 저절로 움직였다.

'있다고요?'

민호는 괜히 그도 모르게 들어온 건 아니라는 생각에 90년

대 초반, 막 인터넷이 생길 무렵 사용하던 프로그램 몇 개를 내려 받았다. 그러자 암호화 회선을 이용해 할 수 있는 작업들이 머릿속에 떠오르기 시작했다.

반지와 키보드의 연합효과는 아마도 암호화된 기계어에 관련된 것 같았다.

'오호.'

키보드가 최신 기계어에 대한 적응을 어느 정도 끝내자 요즘의 네트워크 방식에 대한 기계어도 한글을 읽는 것처럼 이해되어 왔다.

그렇게 새롭게 발견한 유품을 즐기던 와중에 민호의 시선이 구하연을 향했다.

나 PD가 잠시 쉬라고 했음에도 초조하게 서 있는 모습에 민호가 그녀를 손짓했다.

"하연아. 뭐해? 앉아 있어."

"오빠……."

다가온 구하연은 울상이었다.

"인터넷 보셨어요? 언니들은 다 실검 1위였는데 저는 못하게 생겼어요. 다들 불만이 장난 아니에요."

민호는 인터넷 창을 열어 보았다. 【청춘일지 서버 폭파】, 【준비 미흡에 시청자들 불만 폭주】 같은 기사들이 벌써부터 상위권에 즐비해 있었다.

그중 하나를 클릭해 본 민호는 댓글에 익숙한 아이디를 발견하고 눈이 커졌다.

┌[십장생민호] 내가 조작 방송 못 하게 막음.

　└장난하나. 서버 열라고!

　└구라즐.

반사적으로 손가락을 놀려 IP를 검색하고 패킷분석을 시도했다.

'음……'

최신 해킹 방식에도 어느 정도 익숙해진 키보드의 주인이 저 말이 신빙성 있다고 얘기하고 있었다.

"한번 해볼까?"

민호는 암호화 회선을 통해 추적 불가능한 루트로 들어가 '십장생민호'와의 접촉을 시도했다.

어두컴컴한 방 안.

모니터를 지켜보던 김정원은 청춘일지 촬영장 메인 컴퓨터를 먹통으로 만들고 회심의 미소를 흘렸다.

방송국의 컴퓨터 하나 조정하는 건 무척 간단한 일이었다. 웜 같은 바이러스를 심어도 되고, 보안 취약점을 파고들어 하드웨어에 과부하를 일으키는 프로그램을 강제로 실행시키면 되니까.

TV에 나오는 연예인들의 컴퓨터를 해킹해 우스꽝스러운 사생활을 커뮤니티 사이트에 공유하는 것. 이것은 그의 은밀한 취미이자 사이버 세계에서 자신을 멋진 놈으로 보이게 만드는 작업이기도 했다.

  "강민호. 발끈해서 댓글 좀 달아 보시지."

  최근 검색어에 숱하게 오르내린 강민호가 다음 타깃이 된 데에는 여러 이유가 있었으나, 그중 하나가 너무 잘나간다는 데 있었다. 이런 자를 털면 이미지 때문이라도 상당한 주목을 받을 수 있다.

  우회회로를 이용해 접속한 기사에 악플을 달며, 김정원은 강민호가 그물에 걸려들기를 기다렸다.

  클릭만 해도 자동으로 심어지는 악성 코드.

  노출된 IP를 역으로 들어가 비밀번호 알아내기.

  이메일 주소만 알아도 신상을 탈탈 털 수 있는 세상에서 인터넷은 연예인에게 치명적인 칼이 되어 돌아올 수 있었다.

  또다시 어그로를 끌기 위해 단 댓글에 다른 이의 댓글이 수십 개가 달렸다. 하나하나 추적해 보며 IP를 찾던 심정원은 네트워크망에 경고 메시지가 뜨는 것을 보고 고개를 갸웃했다.

  "누가 내 보안망에 들어오려고 하는 거지?"

  코웃음을 칠 수밖에 없었다. 방화벽과 우회회로로 중무장

한 철옹성 같은 자신의 네트워크에 침입할 수 있는 이는 국내에는 존재하지 않는다 확신했다.

"사이버 수사대 놈들인가?"

무슨 웃긴 짓을 하나 패킷을 열어본 김정원은 고개를 갸웃했다.

'IBM LAN Manager'라는 유물로 취급되는 프로토콜을 활용하며 침입을 시도하고 있었다.

우스운 것은 지극히 오래된 것이라 보안 프로그램의 검색망에 등록되어 있지 않다는 것이었다.

"뭐야? 대한민국의 사이버 수사대가 90년대 컴퓨터를 써?"

곧바로 역해킹을 위해 상대 프로토콜에 접근하는데, 자신의 암호화된 네트워크를 어떻게 알았는지 빠르게 분석해 방화벽을 뚫어 버리는 것을 보고 눈이 휘둥그레졌다.

이런 해킹은 들도 보도 못했다.

차단하려 해도 먹히지가 않았다. 저렇게 오래된 기계어를 사용하는 프로토콜은 전공분야도 아닐뿐더러, 방화벽과 보안 프로그램조차 무용지물로 만들어 버리는 암호 분석으로 자신의 코드를 역 어셈블리해 버리는 실력은 이미 국내 네트워크 전문가의 수준이 아니었다.

김정원은 분하지만 랜선을 뽑는 것으로 일단 방어해야

겠다는 생각에 자리에서 일어나 서버 뒤편에 손을 가져갔다.

그때였다.

모니터가 팍 꺼졌다가 다시 켜지며 화면에 '안녕!'이라는 글자가 네모 칸이 잔뜩 모여 만들어졌다.

[정원아. 그러지 마.]

김정원은 상대가 자신의 이름까지 알아냈을 줄은 몰랐기에 흠칫했다.

[스물셋이네. 군대는 안 갔고. 해킹해서 따로 뭔가 이득을 취한 건 거의 없네. 관심종자?]

화면에 답을 요구하는 커서가 올라왔다.

[너 누구야?]

[네 신상 탈탈 털어 사이버 수사대에 넘길 수 있는 사람. 자료는 이미 다 수집했다. 하드 떼도 소용없어.]

[그러지 마. 전문가들끼리 왜 이래.]

[그러지 않으려면 네가 해줘야 할 게 있어.]

[뭔데?]

[그동안 달았던 모든 악플 삭제하고, 앞으로 선플만 달아.]

[그러면 증거 없애 줄 거야?]

[풉.]

[왜 웃어!]

[죗값은 치러야지. 조금 있으면 경찰 갈 거야. 너 찾는 연예인 꽤

있더라.]

[싯팔! 너 대체 누구냐고!]

상대가 사라졌다. 김정원은 랜선을 뽑고 초조한 안색으로 방을 거닐었다.

딩동. 똑똑.

"계십니까? 강북경찰서 수사 2반 임경환이라고 합니다. 제보가 들어와 잠시 조사차 나왔는데요."

김정원의 몸이 굳어졌다.

"안에 계신 거 다 압니다. 여세요. 제가 잠복에는 이골이 나 있어서 어차피 만나게 되어 있어요."

【청춘일지 걸세븐 실시간 방송 : 구하연】

동글한 안경을 쓴 신오구 박사가 카메라 앞에 섰다.

―짝짝짝.

―4주 뒤에 뵙자는 말 잘하시게 생겼어.

구하연은 신 박사와 시청자의 고민 상담을 해주는 코너를 진행하며 본격적인 방송을 시작됐다.

"……동질감이 적대감을 압도한다는 겁니다. 내가 저 사람을 싫어하는데, 나랑 별로 친하지 않은 한 친구도 저 사람을 싫어해. 그러면 그 친구와 순식간에 친해지거든요."

구하연은 계속해서 반응을 체크했다. 첫 순서인 오소라가 민호와 함께 1시간을 상당히 잘 꾸민 이상, 질 수야 없었다.

활발하게 올라오던 채팅이 느려진다 싶으면 일부러 신 박사의 상담 대화에 끼어들어 유쾌한 대화를 유도했다. 그럼에도 채팅창의 속도가 현저히 줄어들자 조치가 필요한 상황이 왔음을 감으로 깨달았다.

"네, 잘 들었습니다. 다음 고민은 그분도 같이 와서 상담해 주는 걸로 해요."

─강민호 오늘 완전 걸세븐 노예네.

─잠깐씩만 나왔다 사라져도 계속 실검 2위야.

민호가 나타나 구하연과 함께 사연을 듣고 관련된 즉흥 상황극을 시도했다.

아내가 주는 신호를 알아채지 못한 남편을 타박하는 부부 싸움. 구하연이 눈을 동그랗게 치켜뜨고 허리에 손을 올렸다.

"아니, 당신! 며칠 전부터 그렇게 눈치를 줬는데도 몰랐어요?"

"무슨 일인데 그래?"

"오늘이 돌아가신 친정엄마 기일이잖아요."

"좀 더 분명하게 말을 해줬어야지. 오늘 밤 중요한 약속

잡아놨단 말이야. 자기는 자기 생각만 해."

"자, 자기? 민호 오빠. 아니, 여보. 내가 여보 생각만⋯⋯
아니, 내 생각만 한다고요?"

상황극이 끝나자 채팅창은 민호를 구박해야 할 아내 역할
의 구하연이 제대로 못 하고 반문한 것에 웃음으로 도배
됐다.

—구하연 이상형이 강민호라던데?

—결혼해! 결혼해!

—야, 미성년이야. 결혼 언급 위험하다.

민호는 시청자들의 웃음에 풀이 죽어버린 구하연에게 괜
찮다고 어깨를 토닥이며 말했다.

"이심전심. 눈빛만 보고 상대가 뭘 하는지 알 수 있다면 얼마
나 좋겠어요? 그러나 부부간이든 연인간이든 아무리 큰 사랑
이 있어도 상대가 보내는 신호나 암시를 풀기란 쉽지 않아요."

계속하느냐는 눈길로 신오구를 바라본 민호가 말을 이
었다.

"요즘은 이런 추상적인 커뮤니케이션이 잘 통하지 않는 시
대예요. 눈치가 있으면 알아서 하겠지, 라고 생각하기보단
직접적으로 마음을 표현하는 게 4주간의 조정 기간을 갖지
않는 방법이라는 걸 책에서 봤어요."

—신 박사님 고개 끄덕끄덕하심.

―워. 민호 형은 안 본 책이 있을지 모르겠네.

―이번 시간도 강민호 하드캐리 나오나?

구하연은 채팅 반응이 급속도로 좋아지는 것을 보고 속으로 안도했다. 서버 문제로 곤란을 겪었던 것도 다행히 금방 해결이 되고, 민호 오빠와 부부 역할도 해보고. 여러모로 행운이 깃든 방송이었다.

그날 저녁, 청춘일지 모든 촬영이 종료되고 귀가가 시작된 길.

민호는 달인의 조건에 캐스팅할 만한 박사님 명단을 김 작가에게 넘겨준 뒤에 공 매니저와 만나기로 한 마을 어귀로 걸어가는 중이었다.

"오빠."

지방 행사를 뛰어야 한다며 펑키라인 멤버들을 태운 밴이 오길 기다리고 있던 오소라가 민호에게 다가왔다.

"어제오늘 여러모로 고마웠어요."

"나도 즐겼는데 뭐. 신경 쓰지 마."

"그리고…… 어제 했던 말 있잖아요."

민호는 오소라의 기분이 괜찮아졌나 싶어 그녀의 얼굴을 유심히 바라보았다. 도도한 눈빛에 생글거리기까지 하는 것이 영락없는 평소의 그녀였다.

'괜찮나 보네. 다행…….'

오소라가 도로 뒤편을 손가락질했다.

"어라? 저 차 오빠 밴 아녜요?"

'어디?' 하고 고개를 돌리는 민호에게 확 다가와 뺨에 입술을 맞추려는 오소라. 그러나 반지를 착용 중인 민호의 잽싼 반응이 그녀의 턱을 붙잡아 입술의 전진을 가로막아 버렸다.

"너 뭐하는 거야?"

"이별 뽀뽀?"

"그게 말이 된다고 생각해?"

"하연이는 오빠가 누굴 사귀는 거 모르니 막 들이대잖아요. 부부 역할까지 하면서. 저도 어제 기억 리셋하고 다시……."

민호는 오소라의 이마에 손가락을 딱, 튕겼다.

"아야! 왜 때리고 그래요! 스캔들 날까 봐 밝히지도 못하면서. 저 같으면 동네방네 좋아서 떠들고 다녔어요."

"너한테만 특별히 말해준 거잖아. 그리고 나 때문이 아니라 그 사람 때문이야."

오소라는 질투가 가득한 눈길로 민호를 쏘아보다 발을 한 번 강하게 구른 뒤에 외쳤다.

"내가 혼자 좋아서 끙끙 앓는 거니까 오빠는 신경 쓰지 말아요. 앞으로도!"

부우웅.

펑키라인의 밴이 마을 입구에 도착했다.

"저 가요, 오빠. 당분간 얼굴 안 보고 지내도 다음에 봤을 때 세 번째 뽀뽀가 하고 싶어지는지 두고 볼게요."

"세 번째?"

영문을 모르는 민호에게 오소라는 대답 없이 혀를 쭉 내밀고 밴에 바로 올라탔다.

"민호 오빠, 안녕하세요!"

펑키라인 멤버들이 민호를 보고 인사해 왔다.

"어, 안녕!"

밴이 사라지고, 민호는 그래도 오소라가 기운을 차린 것을 좋아해야 할지 걱정해야 할지 살짝 고민해야 했다.

잠시 후, 공 매니저가 운전하는 밴이 도착했다.

"민호 씨!"

민호는 밴에 올라타자마자 공 매니저의 사과를 들어야 했다.

"어제 미리 말씀드리지 못한 것 정말 죄송합니다. 몰래 카메라류의 예능은 최대한 밝히지 말아야 방송이 산다고 임 사장님이 강조하셔서……."

"잘 찍고 왔으니 걱정하지 마세요."

백팩을 내려놓은 민호는 회중시계를 열어보았다.

재깍재깍.

초침이 회전하는 모습이 네 바퀴를 지나 다섯 바퀴에 접어들었다. 고생은 좀 했지만, 평소에는 마주치기 힘든 애장품의 시너지를 한꺼번에 여러 개 경험한 효과는 명확했다.

민호는 아버지 바로 아래 단계에 도달하면 어떤 능력이 추가될지 궁금증을 느꼈다. 주황색 유품을 길들일 수 있었을 때는 애장품에 깃든 추억이 확연하게 보였었다.

'막상 도달은 했다만⋯⋯.'

몸에는 별다른 변화가 없기에 '별거 없잖아?' 하며 고개를 돌리던 민호의 시선이 운전대를 붙잡고 있는 공 매니저의 손을 향했다.

은은한 빛이 반짝였다 사라지기를 반복하고 있는 손과 운전대 커버.

민호는 혹시나 해서 물었다.

"공 매니저님, 그 운전대 커버 말인데요. 사연이 있는 물건인가요?"

"이거요? 되게 낡았죠? 이 차에 어울리진 않지만, 그래도 저를 로드 매니저 세계로 안내한 선배가 넘겨준 거라서요. 이게 구멍 날 때까지 운전하면 실장급이 돼 있을 거라고."

"그랬군요."

애장품이 될 가능성이 있는 물건과 주인. 민호는 그것을 알아볼 수 있는 감이 생겼음을 알았다. 오늘 얻은 가장 큰 수확은 호리병의 새 효과나 키보드 유품보다 이것이었다.

"벌써?"

서재에 앉아 휴대폰을 뒤적거리고 있던 윤환의 시선이 다섯 살 민호의 사진을 향했다.

동전을 물려준 지 5개월.

찬란한 황금빛에 둘러싸인 민호의 어린 시절 사진은 능력이 한차례 진보했음을 나타내는 중이었다.

"테 비서."

[말씀하십시오.]

진열장 한쪽에 놓여 있던 곰 인형의 눈이 빛났다.

"아버지가 능력을 물려받고 애장품을 쓸어 담기 시작할 때까지 얼마나 걸렸었지?"

[506일 5시간 12분 30초입니다.]

가문의 능력 활용이 뛰어났던 민호의 할아버지 정균조차 1년이 넘게 걸렸다. 그것을 세 배나 빠르게 이뤄 버린 민호의 재능은 어쩌면 무시무시하다 할 수 있었다.

"확실히 제 엄마를 많이 닮았어. 저러다 체하지나 않으면 좋으련만."

가만히 민호의 사진을 보고 있던 윤환이 원래 하려던 일을 떠올리고 곰 인형에게 물었다.

"그 물건, 거래처에서 보관기한을 언제까지 정했었지?"

[11월 13일입니다.]

"찾으러 가긴 가야겠는데."

띠리리릭.

윤환은 휴대폰에 마침 떠오른 한 사람 이름을 보고 통화 버튼을 눌렀다.

"오냐."

─존경해 마지않는 아버지!

"왜 또 존경이야? 뭔데?"

─혹시 애장품이 잔뜩 몰려 있는 마을 같은 거 아는 장소 있으십니까?

"오지 마을 보면 가끔 그런 지역이 있어. 인제 남전면이었나? 장아찌 담그는 장인들만 사는 곳 있었는데 장독대 수십 개가 빛이 났었지."

─자, 장아찌라면…….

"알려줘? 간장하고 소금간 하는 능력은 탁월해질게다."

─딱히 계속해서 활용할 만한 능력은 아니네요.

실망하는 눈치를 보이는 민호의 목소리에 한차례 웃은 윤환이 말을 이었다.

"민호 너, 붉은색 유품 하나 챙겨 볼 생각 있어? 정보가 하나 있는데."

─정말입니까? 목표가 있으면 달릴 만하죠. 이제 반 왔는데, 나머지 반이야…….

"잡설은 됐고. 물건은 외국에 있어. 예전에 발견했다가 국내 반입금지라 그냥 놔두고 왔었는데 곧 보관기한이 다 돼."

─어딘데요?

휴대폰 주소록에서 '마카오 웅산'이라는 이름을 찾아낸 윤환이 말했다.

"마카오. 그리고 5일 남았다. 너 못 가면……."

─갑니다! 마침 모레쯤 홍콩에서 정글 관련 프로 미팅이 하나 있어요. 거기서 가깝잖아요.

"오냐, 주소랑 연락처 보내주마."

─감사합니다!

"참, 대금은 15억이야. 네가 가질 거니 네가 내."

─잘 못 들었습니다?

―――――

Synergy Objects : 박사마을의 애장품 세트 10종.

Total Effect : 은퇴한 박사들의 전문지식과 깊은 경험을 활용할 수 있다.

Cross Object : 호리병과 영양만점 발효액 믹스 세트.
Effect : 손에 들고 흔들면 피로회복, 스태미나 강화, 감기 예방, 폐 기능강화, 불필요 지방 연소의 효과가 있는 토종 발효액의 정수로 변한다.

Relic : 386세대 키보드.
Effect : 기계어가 사람의 말처럼 들린다.

Cross Relic : 반지와 키보드의 암호화 프로토콜 마스터 세트.
Effect : 선사시대급 프로그래밍 언어와 추적이 불가능한 회선을 이용해 특수한 해킹을 시도할 수 있다.

58.
미션 파서블 : 마카오 로얄 (1)

　인구 57만. 한때는 포르투칼의 식민지였다가 1999년 중국
에 반환된 여의도 3.5배 크기의 작은 땅, 마카오. 그 반도의
남단에 있는 '리보사 카지노' 앞에서 민호는 난감한 표정을
짓고 서 있었다.

　"이것 참⋯⋯."

　네온사인의 화려한 불빛 아래 일확천금의 꿈을 안고 카지
노로 향하고 있는 행렬들. 그 줄에 자신 역시 끼어들어 있으
리란 사실은 홍콩에 입국한 당일만 해도 전혀 예상치 못했
었다.

　민호는 왼쪽 주머니에 들어 있는 홍콩달러뭉치를 툭 쳤다.
기념품과 선물을 잔뜩 사 들고 가려 했던 자금이건만 이런 식으로 소비하게 되다니.

　─오늘 밤 안으로 홍콩달러 1,000만을 내놓지 않으면 물건 회수는 물론이고, 무사히 마카오를 벗어날 수 있으리라 생각지 않는 게 좋을 거요. 거래는 신용이니까. 우린 보통 신용을 '꼭' 지키지.

　본래라면 이렇게 위험한 거래는 하지 않았을 것이다.

　그러나…….

　민호는 급이 다름에도 거부 반응이 없었던 그것, 붉은색 유품을 품에서 꺼내 손에 쥐었다. 이건 한때 마카오의 밤을 지배했을 것이 분명한 역사 속 인물의 물건이었다. 붉은색임에도 자신을 받아들인 기특한 유품이기도 했다.

　'반드시 얻어야 해.'

　하다못해 길들이기가 가능할지 모를 오늘 밤만이라도 온전히 소유하고 있어야 했다.

　"가 볼까요?"

　물건이 작게 진동했다. 민호는 힘찬 걸음으로 카지노를 향해 걸어갔다.

　「72시간 전」 ─경춘 고속도로.

"15억이라니."

박사마을의 일정을 끝마치고 서울로 올라가는 길 위에서 민호는 아버지한테 또 당한 거 아닌가 하는 걱정을 중얼거렸다. 수준이 올랐다고 바로 까불기는 했으나, 윤환은 아직 까마득히 먼 곳에 있는 존재였다.

백미러로 뒤를 바라본 공 매니저가 물었다.

"민호 씨, 그렇게 큰돈을 뭐하시게요?"

"아, 아녜요. 아까 어디까지 얘기했었죠?"

"'맨 앤 정글' PD님이 훈련받지 않은 사람은 들어갈 수 없는 장소로 갈 거라고 시작부터 으름장을 놓으셨습니다. 외국에서 사온 프로그램의 리얼하고 힘든 포맷을 그대로 밀고 나올 생각인가 봅니다. 저야 민호 씨를 믿지만, 몸 상할 만한 일은 걱정이 들어서 말이죠."

공 매니저는 프로그램과 관련해 PD에게 들은 이야기를 늘어놓았다. 민호는 위험한 정글에 들어간다는 것 보다, 홍콩 현지에서 기다리고 있다는 훈련 전문 교관에 대한 사항이 더 궁금해 물었다.

"담당 교관님이 특수부대 출신이고요?"

"생존과 관련된 일은 영국 국방의용군 출신의 교관님이, 수상 레포츠와 관련된 건 홍콩의 회사에서 지원을 받는다고 했습니다."

"수상 레포츠도 전문가가 오겠죠?"

"아무래도 오지에서의 활동이니……."

"좋아요, 좋아."

쉽게 접할 수 없는 전문가들이 알아서 찾아온다는 사실 하나만으로 1+1에 가격까지 저렴한 명품을 구매한 듯한 뿌듯함이 찾아오는 이 기분. 민호는 짧긴 하지만 1박2일의 홍콩행에서 얻을 경험이 벌써 학수고대 기다려졌다.

'애장품이 생길 가능성도 볼 수 있게 된 이상 설령 못 찾더라도 찜 해놓기는 편할 거야.'

은은한 빛으로 깜박이는 공 매니저의 운전대를 다시 한 번 본 민호는 속으로 씩 웃었다.

덕분에 당장 내일부터 쉼 없이 바쁜 스케줄이 시작되긴 하지만, 성장하는 것에 대한 기쁨을 잠재울 만큼은 아니었다.

「60시간 전」 - 드라마 '사계절의 행운' 세트장.

일요일 아침, 민호는 촬영 준비가 한창인 세트 입구에 들어서다 처음 보는 여인과 마주했다.

"안녕하세요, 강민호 씨."

스물 초반으로 보이는 여인이 당차게 인사를 건네왔다.

"누구…… 시죠?"

"정승미라고, 드라마에서 은하 언니와 라이벌 관계로 나오고 있어요. 테니스도, 미모도."

포핸드 스윙 자세를 선보인 정승미가 입을 가리고 '후훗' 미소 지었다.

"뒤에는 농담인 거 아시죠?"

"아, 죄송합니다. 제 출연 분량 외에는 내용을 거의 몰라서."

민호는 곧바로 사과하며 고개를 꾸벅 숙였다. 드라마 자체를 유심히 본 적이 없었기에 다른 조연의 얼굴은 거의 알아보지 못했다.

"괜찮아요, 조연인데요 뭐. 저랑은 첫 촬영이죠? 오늘 제가 마구 들이대는 신 있던데, 잘 부탁해요."

"저도요."

일상적인 대화를 끝내고 대기실로 가려는데, 정승미가 계속 말을 걸어왔다.

"저희 오빠가 강민호 씨 얘기 많이 하더라고요. 능력자라고."

"오빠요?"

"정승기라고 있어요. 방송 초짜. 제가 그래도 큰 기획사에 소개해 줬죠."

'에헴' 하고 어깨를 으쓱하는 정승미를 보며 민호는 메디컬 예능에 함께 출현했던 AT엔터의 기대주를 떠올렸다.

그러고 보니 정승미는 훤칠한 외모의 정승기와 눈매가 많이 닮았다. 운동으로 다져진 것 같은 탄력 있는 몸매에 청순한 서은하와는 정반대 느낌의 앙칼진 메이크업까지. 서브 여자주인공으로서는 확고한 개성이 있었다.

"혹시 오빠 모르세요? 오빠는 엄청 친한 것처럼 민호 씨에 대해 요모조모 알고 있던데. 덕분에 저도 알랭을 연기한 사람이 누군지 자세히 알았고요. 오빠만 친하다고 생각했었나?"

"아니요, 알죠. 승기 씨 동생이셨구나. 다시 한 번 반가워요."

"휴, 실례한 줄 알았어요. 오빠가 이번에 민호 씨랑 같은 프로그램 들어가는 거 아시죠? 변변치 않은 오라버니지만 민호 씨가 많이 도와주세요."

"같은 프로그램이요?"

"무슨 정글 어쩌고 했어요. 거기 간다고 벌써 밖에 텐트 치고 자는 거 있죠? 날도 쌀쌀한데."

자신을 벤치마킹했다는 라이벌 기획사의 연예인이 준비가 철저하다는 건 알고 있었으나, 아직 본 촬영이 한 달이나 남은 프로그램을 대비한다는 것에는 놀라지 않을 수 없었다.

'나도 놀고만 있진 않을 테니.'

전문가를 만나고 나면 어느 정도 답이 나오겠지만, 체력 단련은 계속하고 있는데다가 그제 얻은 발효정수는 그 어떤 단백질 보충제보다 효율 높은 영양제기도 했다.

"그럼, 가볼게요. 촬영 때 봬요, 승미 씨."

"네~"

화장으로 드러난 도도한 이미지와는 달리 붙임성이 좋아 보이는 정승미가 손을 흔들어 보였다.

민호는 복도를 지나다 서은하가 있는 대기실을 한차례 바라보았다.

전이었다면 거리낌 없이 들어가 촬영 내내 붙어 있었을 테지만, 사귀는 사이임을 최대한 감춰야 한다는 단서가 붙자 대놓고 행동하기가 어려웠다. 단둘이 있는 건 끝나고 기대할 수밖에.

[저 왔어요, 은하 씨. 스태프들이 많네요. 이따 봐요.]

문자만 날린 뒤에 대기실을 지나치는데 빼꼼 열린 문 사이로 서은하가 고개를 내밀었다.

"민호 씨."

아직 메이크업 도중인지 앞머리에 롤을 말고 있는 그녀는 주위 지나가는 사람이 있나 살펴보더니 생긋 웃으며 말했다.

"어서 와요."

고작 인사뿐이지만 아침부터 환해 보이는 얼굴을 하고 있는 그녀에게서 나온 목소리는 무척 감미로웠다. 인사만 남기고 문을 닫나 싶었는데, 서은하가 입술을 살짝 내밀고 뽀뽀

하는 동작을 하더니 손가락으로 하트를 그려 보인 뒤에야 문을 닫았다.

[지난번에 아빠랑 형사님들 밑에서 고기 굽느라 고생했어요. 제가 ♡꼭꼭♡ 보답해 줄게요~]

가벼운 애교까지 선보인 그녀의 하트뽕뽕 문자에 민호는 벌렁거리는 가슴을 쓸어내려야 했다.

'봐도 봐도 예뻐. 무지 예뻐. 내가 애인 하나 잘 뒀단 말이지.'

민호는 흐뭇한 표정으로 그의 대기실에 들어섰다.

지난주 13화에서 피아노를 치며 등장, 14화에서 첫사랑에 대한 지고지순한 감정을 되살리는 데이트 신으로 알랭의 주가는 한참이나 상승했다.

여기에 4회 연장이 확정되면서, 극 중반의 활력소로 투입된 알랭은 못하는 것이 없는 유쾌한 쉐프의 포지션으로 주 시청 층인 20~30대 여성의 마음을 온통 설레게 하라는 임무를 부여받았다.

권우철 PD는 촬영 직전 민호의 대기실을 찾아와 이것을 강조하며 지금처럼만 해주기를 요구하고 사라졌다. 이번 주 시청률은 알랭의 어깨에 달렸다면서.

'설레게 한다라······.'

리허설을 위해 레스토랑으로 꾸며진 세트장에 선 민호는

지금까지의 연기란 것이 사실상 얻어걸린 장면이 대부분이었기에 손가락에 착용 중인 반지에 입을 맞추며 말했다.

"너만 믿는다, JB."

"누굴 믿어요?"

이번 신의 등장인물 중 하나인 정승미가 걸어왔다. 민호는 헛기침하며 말했다.

"촬영 열심히 하겠다는 다짐이었습니다. 승미 씨 오빠가 예능 초짜인 것처럼 제가 연기 초짜라."

"으응? 초짜라뇨! 제가 지난 방영분 모니터링 다 했는데 흠잡을 곳이 없었어요. 알랭 성격이 본래 성격 맞죠? 완전 몰입해서 봤다니까요."

정승미가 다 알고 있다는 듯 팔짱을 끼고 민호를 유심히 살피는 사이, 메이크업을 끝낸 서은하가 세트장으로 들어오며 말했다.

"민호 씨, 안 그래. 연기를 잘하는 거야."

"어머, 은하 언니. 강민호 씨 잘 알아요?"

"같은 기획사잖아. 화보도 같이 찍었고."

'그렇죠?' 하고 쳐다보는 서은하의 정겨운 눈길에 민호는 눈웃음으로 화답해 주었다. 그 모습이 샘이 났던지 정승미가 민호에게 바짝 붙으며 말했다.

"첫 신은 은하 언니보다 저랑 대화가 더 많으니까 먼저 맞쳐 봐요."

"아, 그게……."

서은하는 민호에게 괜찮다고 고개를 살짝 끄덕이며 권 PD를 만나기 위해 스태프들 쪽으로 움직였다.

"대사부터 할까요? 리허설 동선부터?"

적극적으로 나오는 정승미는 알랭의 등장을 부각하기 위해 없어서는 안 될 존재였다.

부모를 찾는 것에 실패하고, 일단 유명해져야겠다며 레스토랑에 취직한 알랭을 발견하고 적극적으로 찾아오는 역할이었으니까.

그녀 덕분에 서은하와 재회하고, 파리에서의 추억을 떠올리는 것. 이것이 오늘 오전 촬영 내용이었다.

"대사부터 한번 주고받아요."

"넵! 그리고 말 편하게 하세요, 오빠. 저 은하 언니보다 두 살이나 어려요."

"좀 더 편해지면 그럴게요."

"이이, 나는 편한데. 은하 언니한테도 꼬박꼬박 존댓말 하는 거 보면, 알랭하고 다르단 말이 맞는 거 같기도 하고. 이상하단 말이지. 제가 딴 건 몰라도 연기 보는 눈은 좀 있다고 자부하는데……."

민호는 대기실에서 메이크업을 받는 동안 정승미에 대해

검색해 보았었다. 갓 스무 살임에도 촬영에 임하는 여유가 보이는 건 아역배우로 데뷔했기 때문이었다.

"시작할게요, 오빠."

정승미가 바로 대사를 말했다.

"알랭! 저 왔어요. 친구들도 델고 왔는데~"

"아무리 맛있어도 그렇지, 점심에 오고 저녁때 또 오면 내가 부담……."

대사를 치던 민호가 잠시 말을 멈췄다.

"왜요? 문제 있어요?"

"아니에요, 승미 씨. 계속할게요. ……내가 부담되잖아. 그리고 너. 전에도 말했지만, 누군가를 사귀려고 한국에 온 게 아니라고 했잖아."

"저도 누군가 사귀려고 레스토랑 온 거 아니거든요?"

"그럼 다행이고."

"알랭한테 좋아한다고 고백하려고 온 건데~ 애들아 그렇지?"

"뭐?"

민호는 한 신의 대사를 끝마치고서 반지에 시선이 머물렀다. 이상하게 아무 느낌이 없었다.

능력 발동이 되지 않아서라고 할 수는 없는 것이, 어젯밤 분명 반지의 기억능력을 이용해 대사를 완벽히 외웠었다.

'JB 왜 그래?'

요원의 '삘'이란 것이 없다면 알랭으로서의 매력을 제때에 발휘하기가 힘들다. 손가락에 있는 반지를 톡톡 쳐보던 민호는 리허설 시작을 알리는 스태프의 목소리에 안색이 살짝 어두워졌다.

《사계절의 행운 15화 7-2 '알랭과 레스토랑'》

민호는 조리실로 꾸며진 세트장에 앉았다. 촬영을 대기하며 반지에서 시선을 떼지 못했다.

'왜 반응이 없지?'

혹시나 해서 뺐다가 다시 껴보고, 기억능력도 확인해 보았으나 제대로 작동했다. 요원의 감성이 몸을 지배하는 것만 사라졌을 뿐. 요즘 거의 반지를 착용한 채 다닌 까닭에 바람기를 의도적으로 억누르기는 했으나, 아예 사라질 정도까지는 아니었다.

"7-2신, 스탠바이!"

걱정 반, 의문 반인 가운데 본격적인 촬영이 시작됐다.

"카메라 돌고, 승미 씨랑 친구들 입장 준비하고, 민호 씨는 요리 담는 척. 자, 레디~ 액션!"

소품으로 가져온 요리 접시를 웨이터에게 넘기는 동작을 하는 사이 레스토랑 문이 벌컥 열렸다. 들어온 인원을 확인한 민호는 '또야?' 하는 표정을 지으며 고개를 휘휘 저었다.

"알랭! 저 왔어요."

쪼르르 달려온 정승미가 조리실로 통하는 문으로 고개를 들이밀었다.

"친구들도 델고 왔는데~ 엄청 기대하는 거 있죠?"

살짝 애드립까지 섞은 그녀의 대사에 민호는 곧바로 대사를 말했다.

"아무리 맛있어도 그렇지, 점심에 오고 저녁때 또 오면 내가 부담되잖아."

계속해서 대사를 이어 나가면서도 민호는 석연치 않음을 느껴 슬쩍 점자시계를 터치해 스태프들의 반응을 살폈다.

―민호 씨 톤이 조금 담담한데? 조연출 너는 어때?

―제 생각도 비슷해요. 뭔가 치명적인 알랭의 색채가 빠진 느낌이랄까?

한차례 대화가 끝나고, 권 PD가 컷을 외쳤다.

"민호 씨, 미안한데 다시 한 번만 갈게요."

"네."

그렇게 두 차례의 재촬영이 이어졌다.

―음, 아니야. 홍 작가는 언제 오는 거지? 보고 의견을 말해줘야 할 거 같은데. 여성 시청자 심리는 귀신같이 알잖아.

―차가 밀려서 30분 정도 걸리신다고 했어요. 거의 오십

때 됐는데.

스태프들의 실망한 대화에 민호는 반지를 애타게 바라볼 수밖에 없었다.

'JB. 혹시 내가 섭섭하게 한 거 있어?'

유럽의 일정 이후 거의 동화되지 않았기 때문인지, 요원의 감성을 강하게 통제하려 들었기 때문인지는 알 수 없었다. 그러나 갑자기 바뀌었다는 것은 분명했다.

"홍 작가님 도착하셨다니 5분만 쉬었다 갈게요!"

권 PD의 외침이 이어졌다. 민호는 3번의 NG로 차마 얼굴을 들지 못하고 화장실로 향했다.

쏴아아.

민호는 흐르는 물에 얼굴을 한차례 씻은 뒤, 거울에 비친 자신의 얼굴을 보며 고개를 흔들었다. 손거울의 다른 사람 성향을 카피하는 능력도 정작 오리지날이 부재중인 터라 쓸모가 없었다.

"대사는 완벽히 외웠잖아. 반지가 도울 수 없다면 나라도 정신 바짝 차리고……."

그렇게 검지에 착용 중인 반지를 바라보던 민호는 설마 해서 속으로 물었다.

'내 수준이 높아져서 그런 건가?'

애장품과 유품 주인의 성향에 휘둘리지 않게 의도적으로

정신을 바짝 차렸던 날들과는 달리, 박사마을에서 숱하게 애장품을 만지고 다니던 순간에는 그것을 그다지 신경 쓰지 않았다.

생각해 보면 단 한 번도 휘둘리지 않았다. 주인의 성향에 깊게 동화되지 않고도 능력을 쓸 수 있다는 것. 아버지 바로 아래 급에 들어간 이득이 분명했다.

'이걸 좋아해야 할지 말아야 할지.'

어떻게 반지에 깃든 요원의 감성을 되살릴 방법이 없나 궁리하던 민호의 머릿속에 한 가지 생각이 번뜩였다.

있던 능력이 그냥 갑자기 사라질 리는 없다. 가문의 능력이라는 것 자체가 무척 간단하고 직관적인 체계로 이루어져 있으니.

한 단계 진보한 이상, 여기에 뭔가 더 있으리란 생각에 민호가 중얼거렸다.

"JB 예전처럼 좀 활개치고 다녀봐. 내가 다 허락할 테니까."

순간, 민호는 반지에서 따뜻한 기운이 흘러나와 전신으로 사라지는 것을 느꼈다. 그리고 마주한 거울에는 자신감이 흘러넘치는 미소를 한 '미스터 M'이 자리하고 있었다.

'이런 거였어?'

유품이나 애장품에 깃든 주인의 성향에 깊게 감응하는 것

도 스스로 조정이 가능하다는 사실을 확인한 민호는 바로 휴
대폰을 들어 정보를 정리해 두었다.

〈애장품 활용 능력의 등급〉

A : 애장품을 붙잡고 있던 시간만큼 애장품이 없어도 능력을 온전히
활용할 수 있다. (현재의 나)

+ 제약이 있는 특정유품의 활용 시간이 다섯 배가 된다.

+ 애장품의 소유 가능성이 있는 사람을 알아본다.

+ 애장품과 유품의 성향에 더는 휘둘리지 않는다.

S : (아버지)

가문의 능력이 성장한다는 것은 어쩌면 물건의 본래 주인
의 성향과 상관없이 능력을 온전히 사용할 수 있는 척도를
말하는 것일지도 몰랐다.

'그럼 붉은색도?'

일단은 만져 봐야 알겠지만, 민호는 능력의 성장 때문에
아버지가 붉은 유품의 정보를 쉽게 넘겨준 것일지도 모른다
는 생각에 기대를 품은 채로 화장실을 나섰다.

"민호 씨!"

복도에서 걱정스러운 표정으로 서성이고 있던 서은하가
다가왔다.

"괜찮아요? 이렇게 NG 내는 건 처음이잖아요."

"괜찮아요."

안심하라는 듯 웃어 보이는 민호에게 서은하가 말했다.

"NG가 익숙하지 않으면 당황할 수 있어요. 민호 씨도 이 제 카메오가 아니니까 권 PD님이 깐깐하게 보시나 봐요."

촬영을 지켜본 서은하의 얼굴에서 조마조마한 기색이 떠날 생각을 하질 않자 민호는 가벼운 웃음과 함께 말했다.

"은하 씨랑 키스신 찍을 때 이렇게 NG를 냈어야 하는 건데 말이죠. 그때는 왜 그렇게 열심히 촬영했나 몰라."

"뭐라고요?"

서은하는 여유 있어 보이는 민호의 표정에 조금은 안심한 눈치로 함께 걸어갔다.

"은하 씨, 민호 씨!"

막 세트장에 도착한 홍은숙 작가가 두 사람에게 달려왔다.

"촬영 시작했어?"

민호는 고개를 끄덕이며 대답했다.

"제가 감을 못 잡아서 NG를 냈어요. 홍 작가님이 안 지켜보시니까 영 힘이 안 나더라고요."

"어머, 늦은 사람 민망하게 왜 그러실까."

이렇게 중얼거리면서도 싫지 않은 눈치의 홍 작가는 권 PD를 만나기 위해 먼저 세트장에 들어갔다.

민호도 조리실 세트장에 들어가기 전, 서은하에게 고개를 돌렸다. 서은하는 스태프들이 지나다니고 있어 조용히 말했다.

"맘 편하게 가져요. 저는 아까 연기도 평소 민호 씨 같아서 좋았으니까."

"어? 저도 드라마 속 은하 씨랑 평소 은하 씨 둘 다 좋아하는데. 공통점이 많네요, 우리. 사귈까요?"

"누가 들어요."

"후후. 잘 끝내고 올게요. 빨리 다음 신 촬영해야죠."

그렇게 조리실 세트장에 돌아온 민호에게 대기 중이던 정승미가 달려왔다.

"애드립은 자제할까요, 오빠?"

"아니야, 편하게 해."

"응? 이제 말 놓으시는 건가요?"

"맞다."

민호는 여자에게 너무 편한 요원의 감성에 일단 후회했으나 흘러가는 대로 내버려 두었다.

"뭐, 이미 놔버렸으니 계속 편히 대할게. 아무튼, 더는 NG 안 낼 거야. 내가 감 잡는 게 좀 느려서 미안. 전문연기자가 아니라서."

민호는 조리대 위의 빈 접시를 손에 들고 빙그르 돌렸다가

찬장에 정리해 두었다. 요리사로 잠입 임무 중이라는 요원의 판단에 마치 칵테일바에 근무하는 직원처럼 식기들이 손 안에서 자유자재로 굴러다녔다.

그러다 촬영개시 신호 전까지 떠날 생각이 없어 보이는 정승미와 눈이 마주쳤다.

"승미야."

민호는 여유있게 물었다.

"이런 거 잘하면 여자들이 반할까?"

"그야 도움은 되겠죠. 근데 뭐야, 이 오빠? 5분 동안 알랭이 돼서 왔네."

정승미가 놀란 눈길로 민호의 모습을 지켜보는 가운데, 권 PD가 세트장을 향해 스탠바이를 외쳤다.

"7-2신! 홍 작가님도 오셨으니 4차 바로 갑니다!"

"알랭! 저 왔어요. 친구들도 델고 왔는데~"

조리실 쪽으로 고개를 내민 정승미에게 민호가 픽 웃으며 말했다.

"전에도 말했지만, 나 한국에 놀러 온 거 아니다. 넌 내가 그렇게 좋아?"

대뜸 앞뒤 말을 자르고 단도직입적으로 얘기하는 민호의 애드립에 카메라가 클로즈업됐다. 정승미는 아역 때부터 능숙하게 연기해 온 사람답게 바로 대사를 이어 붙였다.

"그냥 쉐프님 요리가 맛있어서 온 거거든요?"

"내 요리가 점심 먹고 저녁에 또 먹고 싶어질 정도였나? 이럴 줄 알았으면 수석 쉐프 자리로 취직하는 거였는데."

"거기다 고백도 하고요. 맞아요. 저 쉐프님한테 홀딱 반했어요."

"뭐?"

NG를 계속 냈었던 첫 장면이 끝까지 부드럽게 이어지며 끝났다. 민호는 대사 도중 슬쩍 점자시계를 터치했다.

─홍 작가님, 지금 민호 씨 표정 좋지 않아요?

─자신감이 넘치네요. 거기에 제대로 반응하는 정승미 씨도 케미가 확 살고요. 능력 있는 남자는 저렇게 나와 줘야 여자들이 넘어가요.

"컷! 좋았어! 그렇게 갑시다, 민호 씨!"

《사계절의 행운 15화 7-3 '알랭과 레스토랑 2'》

바로 이어지는 장면은 맛있는 음식을 내온 민호를 보며 정승미와 그녀의 친구들이 환호하는 모습이었다.

다시 민호가 주방으로 돌아가는 동안 덜컹하고 레스토랑의 문이 열리며 정승미에게 척척 걸어오는 한 사람이 카메라에 클로즈업됐다.

"너, 치사하게 이러기야?"

서은하가 화가 단단히 난 얼굴로 정승미 앞에 섰다. 정승미는 아주 얄미운 표정을 지은 채로 '뭐가?' 하는 눈길로 서은하를 바라봤다.

"내놔. 그 펜던트 나한테 무척 귀중한 거라고."

"이거? 이 흔해 빠진 돌조각이 뭐라고."

펜던트를 손가락에 걸고 흔드는 정승미를 서은하가 쏘아보는 가운데, 대본에 '펜던트를 바닥에 던진다'라는 부분이 나올 차례가 됐다. 그러나 힘 조절에 실패한 탓에 펜던트가 정승미의 손가락을 벗어나 허공으로 휙 날아가 버렸다.

"옴마?"

탁.

그리고 그것을 아무렇지 않게 캐치하는 손이 있었다. 자칫 NG가 날 상황에 기민한 반응을 보인 민호 덕택에 카메라는 계속 돌아갔다.

어디서 많이 보던 건데 하는 눈길로 펜던트를 보던 민호의 시선이 천천히 서은하의 등을 향했다.

서은하는 울먹일 듯한 얼굴로 정승미를 지켜보았다. 테니스 대회를 주관하는 기업총수의 딸. 기업 후원의 와일드카드로 대회에 참여해야 하는 극중 서은하의 처지에서는 정승미에게 잠자코 당할 수밖에 없는 상황이었다.

정승미가 라이벌이자 악역다운 눈초리로 서은하에게 말했다.

"그렇게 보면 어쩔 건데?"

"그래, 노려보면 뭐하겠어. 시합으로 말하자."

"시합이나 제대로 뛸 수 있을까~"

주먹을 불끈 쥐는 서은하와 밉살스런 웃음을 흘리는 정승미의 얼굴이 교차했다.

"가봐. 여기는 너처럼 별 볼 일 없는 애가 올 만한 곳이 아니야. 한 끼 먹을 돈은 있나 몰라?"

정승미의 말에 그녀 옆에 앉아 있던 친구 엑스트라들이 깔깔거리며 웃어댔다.

"우리 연아가 별 볼 일 없다고?"

그때였다. 다가온 민호가 서은하의 어깨에 손을 탁 걸었다.

"이렇게 예쁜데?"

"연아라니요. 전 은채……."

발끈하며 고개를 돌린 서은하의 눈이 커졌다.

"아, 알랭."

"이거. 파리에서 그렇게 떠나고 영영 못 볼 줄 알았는데 말이야. 두 번은 운이라지만, 세 번은 운명 아니겠어?"

"어떻게 여기에……."

"나가자. 할 얘기도 있고."

당황한 연기를 하는 서은하의 손목을 붙잡은 민호의 강렬한 눈빛에 이어, 앉아 있던 정승미가 '어머!' 하고 코웃음을 치며 벌떡 일어났다.

"어딜 가요, 쉐프! 코스요리 마저 해야죠."

"나보다 박 쉐프님 요리 실력이 훨씬 좋으니 그분께 부탁할게. 그리고……."

민호는 서은하와 정승미를 번갈아 바라보며 예의 자신감 어린 미소를 지은 채 말했다.

"맞다, 소개가 늦었네. 연아야, 이쪽은 부잣집 따님. 나 좋다고 자꾸만 쫓아다니는 아가씨인데 아주 부담스러워. 그러니 잠깐 내 애인인 척해 줄 수 있어?"

첫 만남 때 했었던 대사를 읊자 서은하가 '쿡' 웃음을 터뜨렸다.

"컷! 민호 씨 느낌 굿! 그거야, 그거!"

촬영은 순조롭게 진행됐으나 빠듯한 일정 탓에 촬영 팀도 두 팀으로 나뉘고, 민호와 서은하도 각자의 신을 위해 찢어져야 할 시간이 찾아 왔다.

잠시 저녁을 먹기 위한 휴식시간.

홍 작가를 핑계로 겨우겨우 몰래 만날 시간을 만든 두 사람은 방송국 소품실 구석에 자리를 잡고 도시락을 열었다.

"민호 씨는 밤샘 촬영한다면서요? 힘들겠네."

"화요일을 전부 비워야 해서 조정을 좀 했어요."

"다른 스케줄 때문에요?"

"훈련차 홍콩에 가거든요. 마카오에도 볼일이 있고."

민호의 대답에 서은하가 '홍콩이요?' 하고 눈을 크게 떴다.

"은하 씨, 홍콩 가봤어요?"

"가보진 않았는데 많이 보긴 했어요."

"보다니요?"

"아빠가 저 어릴 때 홍콩영화 무척 많이 보셨거든요. '영웅본색'알죠?"

손가락으로 권총을 만들어 빵 쏘는 시늉을 해 보이는 서은하.

"반장님 누아르 좋아하셨군요."

"광팬이셨죠. 만날 이쑤시개 물고 다니셨는데 그러다 영화 주인공처럼 총 맞으면 어쩔 거냐고 엄마가 구박을 아주……."

추억을 떠올리며 미소 짓는 그녀에게 민호가 물었다.

"하룻밤에 안 있을 거지만, 뭐 기념품이라도 사다 줄까요?"

"민호 씨 부담되게 그럴 필요는 없고요. 아, 그 영화 알아요?"